CW01664752

Oft bin ich photographiert worden, aber so noch nie!

Die Hand des Fremden nähert sich meinem Gesicht bis zur sanften Berührung. Sie ertastet unseren Abstand. Ich lasse es geschehen, ohne zurückzuzucken. Die Augen habe ich geschlossen, um mich besser ins »schwarze Licht« seiner Welt hineinzuträumen. Ich höre das Klicken einer zweiten Kamera, die dieses ungewöhnliche Geschehen bezeugt: Ein blinder Photograph wird gleich ein Bild von mir machen.

In dem Moment, in dem er abdrückt, öffne ich die Augen. Der Einfall der starken Sonne reizt sie zu Tränen. Dieses Bild seiner Kamera wird er später in einem zweiten Vorgang in der Dunkelkammer seines Sehens zu einem anderen Bild ergänzen. Mein geblendetes Gesicht wird er mit nachtschwarzem Gefieder umgeben und mir den Vogel Minervas auf die Schulter setzen.

Es ist das Bild, das er sich von mir gemacht hat, nachdem wir mit seltener Unmittelbarkeit über dieses und jenes gesprochen haben. Aber darüber haben wir nicht gesprochen, dass meine Mutter mich schon als Kind »die Nachteule« nennt, wenn ich wieder einmal nicht zu Bett gehen will und gerade bei Dunkelheit nochmal auflebe.

Der blinde Seher heißt Eugen Bavcar.

Hanna Schygulla
(zum Photo auf dem Umschlag)

Hanna Schygulla, Berlin 2013, Photo Jim Rakete

Ilka Mendelssohn, Berlin 2013

Hanna Schygulla

Wach auf und träume

Die Autobiographie

Geht zurück nach Berlin-Charlottenburg – zu ihren jungen Freunden. Zurück in die Heimat, muss lernen wieder Deutsche zu werden. Geht zur Sprache zurück. Kann ich gut verstehen – „fremde Muttersprache" ist es für mich: das Englische [illegible] das Deutsche. „Rutsche" zurück ins Deutsche, spreche mit Akzent – plötzlich.

SchirmerMosel Literatur

Aber zurück? Widerstände …
Grenzüberschritt – Freiheitsgefühl,
Freiheit – atmen, weltlos sein wollen – –.

Nachweis der Bildquellen

Der Abdruck der Photographie auf dem Umschlag erfolgt mit freundlicher Genehmigung von Lillian Birnbaum. Frontispiz (S. 2): Photographie von Jim Rakete, © 2013. Alle anderen Bilder stammen aus dem Privatarchiv von Hanna Schygulla (S. 11, 22, 23, 27, 43 unten, 46, 50, 52, 53, 56, 59, 60, 68, 71, 73, 80, 87, 91, 110, 112, 113, 115, 122, 123, 129, 132, 133, 141, 148, 151, 159, 163, 169, 197) und dem Verlagsarchiv (S. 29, 34, 35, 37, 43 oben, 47, 61, 70, 92, 99, 121, 139, 157, 179, 189, 190).

Der Verlag und Hanna Schygulla danken dem Schriftsteller Peter von Becker für sein freundliches Einverständnis, den Titel seines von Henrik Ibsen inspirierten Theaterstücks »Wach auf und träume« als Titel für diese Autobiographie verwenden zu dürfen.

1. Auflage
© 2013 by Schirmer/Mosel, München

Dieses Werk einschließlich aller seiner Teile ist urheberrechtlich geschützt. Sämtliche Arten der Vervielfältigung oder der Wiedergabe dieses Werkes sind ohne vorherige Zustimmung des Verlages unzulässig und strafbar. Dies gilt für alle Arten der Nutzung, insbesondere für den Nachdruck von Texten und Bildern, deren Vortrag, Aufführung und Vorführung, die Übersetzung, die Verfilmung, die Mikroverfilmung, die Sendung und die Einspeicherung und Verarbeitung in elektronischen Medien. Zuwiderhandlungen werden verfolgt.

Lithos: Bayermedia, München
Typographie und Satz: Schirmer/Mosel Atelier
Druck und Bindung: fgb, Freiburg i. Breisgau

ISBN 978-3-8296-0658-5

Eine Schirmer/Mosel-Produktion
www.schirmer-mosel.com

VORWORT

Immer gleich und doch verschieden

Dieses Buch zu schreiben dauerte also einerseits nur ein paar Monate und andererseits doch auch ein paar Jahrzehnte.

Mehr als dreißig Jahre sind vergangen, seit ich den ersten Teil dieses Buches geschrieben habe. Er ist die knappe Beschreibung meines Lebens bis zum Stichjahr 1981, als der erste große Publikumserfog *Lili Marleen* in die Kinos kam.

Beim erneuten Lesen stelle ich mit Erstaunen, und auch ein wenig beunruhigt fest, dass ich nichts ändern möchte an dem, was ich damals geschrieben habe, ja dass ich es heute wie damals ebenso schreiben könnte.

Soll das heißen, dass ich damals auch schon die von heute war?

Bin ich stehengeblieben, irgendwo gegen Ende meiner Jugend?

Manche sagen, wir seien bereits »fertig«, wenn wir volljährig werden. Oder geschieht es sogar noch früher? Wenn ich den Kleinen beim Spielen im Sandkasten zuschaue, kann ich auch schon ihre verschiedenen Persönlichkeiten sehen. Aber bin ich als Schauspielerin nicht allein schon »von Berufs wegen« eine, die immer wieder eine Andere wird?

Im Lateinunterricht hatte ich zum ersten Mal vom SEMPER IDEM ET ALTER gehört. Es sind vier steinerne Worte in einer toten Sprache. Sie blieben damals nur Worte.

WER KÖNNTE SEIN WIE DER FLUSS,
DER WEITERFLIESST UND DOCH BLEIBT
IMMER IM AUFBRUCH UND ANGEKOMMEN ZUGLEICH
IMMER DER ALTE FLUSS MIT IMMER NEUEM WASSER.

*Dulce Maria Loynaz** (»Die Zeit«)

Der Schriftsteller Stephan Troller, der bis auf die Pariser Dachterrasse meiner damaligen Montmartrewohnung geklettert war, wunderte sich, wie eine, die von Fassbinder herkam, in so einem idyllischen Vogelnest ihr Glück findet. Dann schrieb er in seinem Portrait (*Vogue*) über mich: »die Dinge, die eigentlich nicht zusammengehen, tun es bei ihr doch: Sie ist einerseits flutend weiblich, sanft und andererseits abgehoben über den Dingen stehend. Sie ist ein Narziss ohne Eitelkeit, eine Schauspielerin ohne Verstellung, ehrgeizig ohne Plan, schicksalsgläubig ohne Fatalismus.«

ES WIRD SPÄT FÜR DIE ROSE
UND FRÜH NOCH FÜR DEN WINTER
NICHT DIE UHR SCHLÄGT MEINE STUNDE
ICH BIN AUSSERHALB DER ZEIT

Dulce Maria Loynaz (»Die Zeit«)

Je kleiner die Zukunft, desto wichtiger die Flucht in die Gegenwart. Sie wird Zuflucht. Wir kehren heim in die Gegenwart,

* Dulce María Loynaz (1903–1997) gilt als eine der bedeutendsten Dichterinnen Kubas. Ab 1959 war sie Mitglied der Real Academia Española, deren Vorsitzende für Kuba sie bis zu ihrem Tod war. 1992 wurde sie mit dem Premio Cervantes, dem wichtigsten Literaturpreis der spanisch sprechenden Welt, ausgezeichnet. Das Literaturzentrum in Havanna wurde nach ihr benannt.

die wir als Kinder so fraglos bewohnten. Von meinen vielen Rollen sind mir vor allem drei in Erinnerung: Es ist Maria Braun (Fassbinder), die das wahre Leben so lange auf morgen verschiebt, bis es kein Morgen mehr gibt. Zweitens ist es Eogenia, die Mutter aus *Storia di Piera* (Marco Ferreri), die auf ihren hungrigen Streifzügen nach Erlebnissen so sehr nur im Jetzt lebt, dass sie als verrückt weggesperrt wird. Und dann kommt Susanne Staub in *Auf der anderen Seite* (Fatih Akin). Sie wird nach dem Tod ihrer Tochter gerade da, wo alles am Ende zu sein scheint, die Tür zu einem neuem Leben auftun. Ich, die Person, die ich hinter all den Rollen bin, werde auch über die Rollen hinaus weiter hin- und herschwanken zwischen diesen drei Arten, mit der Zeit umzugehen.

Am besten gelingt es mir nachts, die Zeit zu vergessen und mich niederzulassen in der Zeitlosigkeit. Dem Glücklichen schlägt keine Stunde! Das Manuskript meines Lebens hält sich im zweiten Teil an kein zeitliches Hintereinander. Dem folgen, was mir in den Sinn kommt. Natürlich hätte ich da viel mehr schreiben können. Gott steckt im Detail, manche sagen auch, es wäre der Teufel.

Was ist wichtig? Was ist unwichtig?

Wenn ich nachts vor dem Schlafengehen nicht zu müde bin, den Tag noch einmal an mir vorüberziehen zu lassen, sehe ich sehr wohl, dass auch die ereignisärmeren Tage ihren eigenen, anderen Reichtum haben. Er kann auch etwas sein, was ich nur aus dem Radio oder am Bildschirm mitbekommen habe. Ein Beispiel: Auf der Entdeckungsreise zu mir selbst hin stellt sich auch mir immer wieder die uralte Frage nach dem WER BIN ICH. Ich drücke wie oft willkürlich auf den Programmknopf des Fernsehers und begegne einer Gruppe nackter »Wilder« aus dem Busch. Sie sind gerade rund um den Bildschirm eines Fernsehteams versammelt. Sie sehen das, was über sie aufgezeichnet wurde, und sie sehen sich dort zum ersten Mal selbst. Da bleibt ihnen fasziniert der Mund offenstehen, da werden sie auch oft verlegen wegschauen, oder sie müssen hell auflachen. In ihrer Welt gibt es keine Spiegel. Als der weiße Mann einen Eingeborenen fragt, wie er sich überhaupt erkennen konnte, sagt er: »Alle kenne ich hier im Dorf. Ich bin der einzige, den ich nicht kenne.« Dann bedankt sich die Gruppe, denn sie durften durch den Bericht ein inzwischen gestorbenes Kind wiedersehen.

Auch ich werde so manchen Verstorbenen wiedersehen bei der Durchquerung meines Lebens: meine Mutter und meinen Vater, Mitschüler und Freunde, meine Lieben von gestern und R. W. Fassbinder, den berühmtesten der Weggefährten.

DER KUSS, DEN ICH DIR NICHT GAB
WURDE ZUM STERN IN MEINEM INNEREN
KÖNNTE ER JEMALS WIEDER KUSS WERDEN
AUF DEINEM MUND

Dulce Maria Loynaz (»Die Zeit«)

Um ein Haar wäre ich dem Rainer Werner Fassbinder ein paar Wochen nach seinem Tod ins Jenseits gefolgt, als ich in Ägypten auf halber Höhe der Cheops-Pyramide ausglitt und abstürzte und dennoch unversehrt unten aufkam. Ich wäre eine mythische Frühverstorbene geworden, und nichts hätte dieses Bild der blühenden Jugend getrübt. Aber dennoch habe ich

Sphinx und Pyramiden in Ägypten, 1857, Photo Francis Frith

Die Dreharbeiten von *Heller Wahn* führen zu den Pyramiden in Ägypten:
das untere Photo zeigt mich auf einer Pyramide sitzend, 1982, Photo Régis Warnier

während des Falls keine Sekunde gezögert, weiterleben zu wollen, und habe mich zum Ball gerollt und bin so dem Tod aus der Hand gesprungen. Nun bin ich schon doppelt so alt geworden wie er, und die Jugend ist dahin, und ich weiß, es kann jetzt nur noch um das Eine gehen: Wenn das Äußere nicht mehr blüht, muss das Innere leuchten. Wie stehen Sie zum Altern? heißt die Standardfrage, wenn man in die Jahre gekommen ist. Meine Standardantwort dazu ist: Wer lange leben möchte, muss auch Ja zum Altern sagen.

Er, Rainer Werner Fassbinder, hat schon früh davon gesprochen, nicht alt zu werden, und ist früh gestorben, »jung an Jahren und alt an Werken«, sagte sein erster und wichtigster Wegbegleiter, der Willy Rabenbauer hieß, bevor er sich umbenannte zu Peer Raben, vielleicht in Anlehnung an Peer Gynt, der nicht so scharf unterscheiden wollte zwischen Traum und Wirklichkeit, wie wir alle anderen auch, die wir am Rande des Traums die Samen der Wirklichkeit streuen und unser Brot verdienen durch Spielen. Für uns gilt das Wort Henrik Ibsens: Wach auf und träume!

So hat es sich auch gefügt, dass der Nobelpreisträger der magischen Wirklichkeit, Gabriel García Márquez, für mich die Rolle einer Frau erfunden hat, die an die Tür fremder Leute klopft mit den Worten: »Lassen Sie mich ein, ich werde für Sie träumen.«

»Vorläufig noch nicht«, hat mein Vater bis ins höchste Alter hinein gern geantwortet, war er vor die Frage gestellt, ob er dieses oder jenes wolle. Mit dieser alltäglichen Beschwörungsformel hat er sich den Tod vom Leibe halten wollen, solange er sich vorläufig noch nicht endgültig von dieser Welt verabschieden konnte … bis er schließlich, wie mir scheint, doch freiwillig gegangen ist. Die letzte Lungenentzündung wollte er nicht mehr im Krankenhaus kurieren. Immer wieder wird er schon im Vorfeld behaupten, ich, seine Tochter, weine auf dem Titelbild einer Zeitung, die ihm jemand mitgebracht hat. Dabei hatte ich nur die starken Augenringe von den zwanzig Jahren des Doppellebens zwischen der großen Welt von Paris, meinem Zuhause, und der kleinen Welt von Zorneding bei München, der letzten Bleibe meiner Eltern. Und damit ich nicht mehr weine, wird er mich also freigeben für die nächste Runde meines schon vorgeschrittenen Lebens.

DIE LIEBE MESSEN
MIT EINEM BIEGSAMEN BAND:
EIN ENDE AM BERG FESTGEMACHT
UND DAS ANDERE VERANKERT IM WIND

Dulce Maria Loynaz (»Die Zeit«)

Auch in der Liebe gibt es die liebgewordenen Gewohnheiten, doch wenn der Traum so gänzlich entweicht, fällt sie in sich zusammen, und auch dann gilt es: entweder gehen oder hochfahren aus dem Halbschlaf und sie zu neuem Leben erwecken: »Wach auf und träume«.

SPÄT, BALD, DAS VERLORENE GESTERN,
DAS NOCH UNERFÜLLTE MORGEN,
DAS UNSICHERE HEUTE,
ALLES MASSE, DIE KEINEN KUSS ERFASSEN

Dulce Maria Loynaz (»Die Zeit«)

Süsser Vogel Jugend

Kattowitz … Stille Nacht, heilige Nacht. In dieser Nacht darf ich nicht stören. Fängt es damit an?

Fängt es damit an, dass ich ausgerechnet am Heiligen Abend geboren wäre, wenn das der Arzt nicht verhindert hätte? Er gibt meiner Mutter diese Spritze, als ich schon im Kommen bin. Jetzt kann er ruhig feiern. Jetzt komme ich nicht so schnell. Nicht vor dem nächsten Morgen, weshalb ich mich auf meinem Weg heraus doppelt so lange herumdrücke. Fängt es damit an, dass ich so einen Horror habe vor dem Steckenbleiben?

Chorzów bei Katowice ist 1943 wieder deutsch, nachdem es vorher polnisch und davor ursprünglich deutsch gewesen war und heute wieder polnisch ist. Der Führer hat es ins Reich zurückgeraubt. Kattowitz heißt 1943 Königshütte. Es ist eine Stadt voller Kohlegruben und Hochöfen und vor der Tür Auschwitz, wo eben dieser Arzt noch viele Spritzen gegeben hat.

Meine ersten Worte waren deutsch und polnisch. Das kam durch ein polnisches Schulkind, das mich immer ausfahren wollte. Bald fängt es an mit dieser komischen Angewohnheit. Jemand beugt sich über meinen Wagen, ich stemme mich hoch, rolle die Augen und schneide Grimassen. Die Leute lachen, meine Mutter nicht. Um Gottes willen, ist das Kind nicht ganz normal? Der Arzt kann nichts feststellen: »Ach lassen Sie mal, es macht die Leute nach.«

Als das tausendjährige Reich, wie es heißt, in Schimpf und Schande und Tränen und Asche sinkt, strömen Flüchtlinge von Ost nach West, darunter meine Mutter. Noch gehen die Züge, wer weiß wohin. Gut, dass das Kind polnisch spricht. Die deutschen Schreihälse möchte man am liebsten aus dem überfüllten Abteil werfen, die Nazibrut! Aber davon weiß ich noch nichts. Das kenne ich aus Erzählungen. Die Geschichten von der Flucht – das kann ich immer wieder hören – wie wir davonkommen – und durchkommen – und dann auch noch das Letzte verlieren – und trotzdem: Hauptsache, wir leben! Und wie der eine sich als richtiges Schwein entpuppt, der Herr Schmattloch, der immer so stöhnt und unter seiner Bauchbinde doch nur Diamanten versteckt hat und den Babys die Milch wegsäuft – und wie auf dem Bahnsteig der russische Soldat meiner Mutter mit dem Wagen die steile Treppe herunterhilft – trotzdem! Denn die Knarre des Kommandanten ist auf ihn gerichtet: »Halt! Dem Feind darf nicht geholfen werden!« »Chodz pani«, sagt er nur »komm Frau« … und fasst mit an.

Meine erste Erinnerung ist auch eine Treppe. Ich bin zweieinhalb Jahre alt. Da bin ich zum Bewusstsein erwacht – scheint mir – beim Rauf und Runter und Rauf und Runter auf dieser kleinen Treppe, die eigentlich keine Treppe ist, sondern eine Hühnersteige, die anstelle eines kaputten Trittbretts in einen ausrangierten Sanitätszug führt, der unsere Bleibe ist für ein paar schöne Sommerwochen, mitten in Bayern, nicht weit von München, am Rande von Stockdorf. Von Königshütte nach Stockdorf, da waren wir gelandet.

Unsere zweite Bleibe wird uns dann zugewiesen. Ein Zimmer in dem Haus der Hintermeiers in Stockdorf. Die müssen uns nehmen, auch wenn sie nicht wollen. Die dicken Beeren im Garten sind tabu. Und hinter einem Drahtgitterzaun auf der Terrasse der Villa nebenan gleiten kaugummikauende Amerikanerkinder auf surrenden Rollern in leuchtenden Farben. Ab und zu öffnet sich das Tor zu diesem Paradies, und ich darf auch hinein und alles anfassen und auch draufsitzen.

Immer wieder geht's in überfüllten Zügen nach München. Mal sehen, was es diesmal gibt beim Lastenausgleichsamt. Plötzlich bleibt der Strom weg im Zug, und im Dunklen – vom Schoß meiner Mutter aus – gebe ich eine Radioschnulze zum Besten, komplett. Das war mein erster Auftritt mit drei Jahren. Die Leute haben sehr gelacht, sagt meine Mutter. Aber davon weiß ich nichts mehr.

Woran ich mich erinnern kann: Wenn ich aus den bunten Scheinen die Köpfe ausschneide, gibt's was auf die Finger. Das ist Geld. Das ist was anderes. – Bei den großen Jungs setze ich mich nicht noch einmal drauf. – Die Schlittenfahrt den Bahndamm hinunter endet in einem Zaun. – Wenn meine Mutter und diese Tanten mich nicht mitnehmen wollen ins Tiefe, dann spring ich aus Wut eben ins Wasser. Dafür gibt es feierlich Haue: »So ein Dickkopf, wo soll denn das noch hinführen.« – Oft sind wir im Wald. Holzsuchen, Beerensuchen, Pilzesuchen. Es knackt im Gebüsch, meine Mutter reißt mich an der Hand, und wir laufen weg vor dem bösen Mann.

Winter 1948: Ein Fremder klopft ans Fenster, mein Vater. Zurück aus amerikanischer Gefangenschaft, über der Schulter den großen Sack mit Kaffee, Schokolade, Erdnussbutter und wer weiß was noch alles – monatelang erspart vom Zigarettengeld des PW. Am Weihnachtsabend trägt er mich auf seinen Schultern durch den verschneiten Wald. Es wird mein fünfter Geburtstag und ich sehe das Christkind. Wir sind jetzt zu dritt und bleiben es. Viel Spannung im Raum. Ich wünsche mir Bruder und Schwester, aber sie kommen nicht. Die muss ich woanders suchen.

Endlich darf ich in die Schule. Wir ziehen in die Stadt, nach München. Von Stockdorf in die Nymphenburger Straße, in dieses Haus mit den vielen Kindern und diesem Hinterhof, wo jeden Tag alles zusammenkommt, nicht nur wir Kleinen, nein, auch die Großen. So eine Art gemeinsames Wohnzimmer ist das im Freien. Da gibt es auch einen Tisch und eine Bank, und da gibt es eine Teppichstange und ein Pflasterfeld und ein Stück Rasen und eine kleine Mauer, und hinter der Mauer nochmal einen Hof mit wildem Wein und hohen Gräsern und dahinter lauter Ruinen. »Dass du mir ja nicht in den Ruinen spielst!«, sagt meine Mutter immer. Und ich sage dann: »Nein, Mutti« … und dann das Treppengeländer heruntergerutscht – die letzten Stufen immer im Sprung hinaus ins Freie – und rein in die Ruinen, in unsere Schatzkammern und Geheimwohnungen. »Bei Dunkelheit bist du mir wieder zuhause!«, sagt meine Mutter jedesmal … und immer wenn es dunkel wird, muss ich dann läuten und immer dasselbe durchs Treppenhaus rufen: »Bitte, bitte, nur noch ein bißchen, wo es jetzt doch gerade am schönsten ist!« Und immer wieder ist es jetzt gerade am schönsten. Fängt es damit an, dass es von klein auf immer zwei Welten für mich gibt? Die eine ist die Welt draußen im

Freien, da bin ich und die vielen anderen. Die andere Welt ist zuhause, da bin ich Einzelkind. Da muss ich mit mir selber spielen und auch gegen mich selber. Das ist der Reiz, den ich mir mache. Wenn ich auf dieser Seite von mir gewinne, darf ich mir das eine wünschen, und das wird dann in Erfüllung gehen, und wenn ich auf der anderen Seite von mir gewinne, dann darf ich mir was anderes wünschen. Mit Wünschen bin ich groß geworden. Ich komme aus kleinen Verhältnissen. Ein großer Vorteil, wie mir heute scheint. Woher kommt Breitenwirkung? Ich komme aus der Enge, und immer schon wollte ich da raus, immer schon. Ein Ausgang ins Freie ist die Phantasie. Ich kann mir was ausdenken, und auch wenn ich hier sein muss, bin ich doch auch woanders. Eine Gewohnheit setzt sich fest. Hat sie mich dahin gebracht, wo ich heute bin? Zum Film?

In der Volksschule sagten sie »Polenmatz« zu mir wegen dem komischen Namen. Das macht mir nichts aus. Ich glaube, das gefällt mir sogar. Ich bin also anders. Ich kann auch so sein wie die bayerischen Gassenkinder. Da ist kein Unterschied. Aber ich bin eben auch anders, und alles Andere zieht mich an. Zum Beispiel die beiden Artistenkinder Carmen und Maria, die schon viel zu alt sind für unsere Klasse … Und bei denen zuhause … da ist es toll … im Wohnwagen. Und die Carmen ist so stark, die kann mich um sich herumwirbeln, um die Hüfte, über den Hals und wieder um die Hüfte … Und ich sag ihr dafür ein in Religion, und sie bekommt die glänzenden Heiligenbildchen, auf die sie so scharf ist. »Dass du dir immer Freunde suchen musst, die gar nicht zu dir passen«, sagt meine Mutter auch später noch. Ja, genau die, die gefallen mir.

Ich bin sieben Jahre alt. Ich bin in der Schule in der Turnhalle. Es geht darum, wer den Weihnachtsengel spielen darf. Ich hab so einen Drang: »Schau, Fräulein, was ich kann, schau!« Ich schieße einfach ein paar Purzelbäume ab. Aber das Fräulein sagt, »geh in die Ecke und schäm' dich!« Von da an schäme ich mich, wenn ich toll sein will. Aber wollen tu ich's doch. Den Weihnachtsengel habe ich dann auch gespielt. Bei der Aufführung stehe ich also da oben, halb verstecke ich mich hinter dem Baum und singe »Vom Himmel hoch da komm ich her« und denke »jetzt sehen alle, dass ich ein Engel bin«. Zwanzig Jahre später kommt der Engel wieder – so wie der Hinterhof. In den ersten Rollen, in den ersten Filmen von Rainer Werner Fassbinder als Vorstadt-Marilyn. Es ist ein enttäuschter Engel, der verrät und erschießt, weil er nicht geliebt wird, comme il faut.

Was ist dran an den Lieblingsmärchen? Warum sind es gerade die? Meine Lieblingsmärchen waren *Die Schneekönigin*, *Die kleine Meerjungfrau*, *Der Kaiser und die Nachtigall.*

Die Schneekönigin ist eine einsame Wahnsinnsdame aus der Welt der Kristalle. Sie entführt einen Knaben zu ihrem zugefrorenen See, und nur durch die heiße Liebe eines unerschrockenen Mädchens taut der Klumpen Eis um sein Herz. Und ganz wichtig: Alles in dieser Geschichte fängt damit an, dass einem übermütigen Teufel auf seinem Höhenflug zu Gott der Riesenspiegel in der Hand zu tausend Stücken zerspringt, und diese Splitter fallen zur Erde und bleiben den Menschen in den Augen stecken. Und plötzlich sieht alles so hässlich aus! Ja, wann hat das eigentlich angefangen mit der Hässlichkeit?

Eines Tages war es einfach da, so ein Gefühl von Hässlichsein. Und seitdem klebe ich am Spiegel, um nachzusehen, ob ich nicht doch schön geworden bin oder schon wieder einmal so, wie ich mich selber nicht mag.

Die Schneekönigin kommt wieder als Eisprinzessin … Auf Schlittschuhen ziehe ich meine Kreise auf dem zugefrorenen Nymphenburger Kanalkessel. Und Zuschauer gibt es auch, die von der Straße. Und immer werde ich zu lange bleiben und heulend nachhause laufen, weil die Fingerspitzen und Zehen so wehtun. »Dass du aber auch immer so übertreiben musst«, sagt meine Mutter.

Die Meerjungfrau kommt aus dem Wasser. Sie verlässt die schimmernde Perlmuttwelt der Tiefe ganz allein – und warum? Sie will nicht das sein, was sie ist, sie will etwas anderes werden – ein Mensch! Und aus dem Fischschwanz werden zwei Beine, aber bei jedem Schritt geht es durch sie hindurch wie ein Messer. Und weil sie das schönste, was sie besaß, hergegeben hat – die Sirenenstimme –, ist sie nun stumm, und keiner weiß, wie es wirklich um sie steht. Und später bekommt sie ein Messer in die Hand, um den Prinzen zu töten, der vor ihren Augen die andere liebt. Aber sie wirft das Messer weg, auch wenn sie nun zu grauem Schaum zerfallen muss. Doch es kommt anders. Sie steigt auf und wird ein Geist in der Luft, der drüberschwebt … Das Aufgeben und Loslassen hat es in sich. Das habe ich oft erfahren. Da habe ich einen starken Wunsch, da habe ich einen starken Willen, dann tue ich, was ich kann, dann opfere ich den Wunsch, und gerade dadurch passiert's. Vielleicht später, vielleicht anders, aber eben doch! … Das Mädchen, das nicht sprechen kann und tanzt, obwohl es bei jedem Schritt weh tut, kehrt wieder in einem Film aus meiner Kinderzeit. Er heißt *Der schweigende Engel* mit Christine Kaufmann. Ein stummes Kind tanzt. In dem Schuh ist ein Nagel. Sie tanzt weiter. Der Schuh füllt sich mit Blut. Den Tanz habe ich zuhause vor dem Spiegel nachgetanzt, heimlich. Und ganz allein für mich, nur meine beste Freundin musste einmal zusehen. Komisch, mit einer Wunde tanzen, die man gar nicht hat ... Oder vielleicht doch? Das bleibt als Thema: die Sache mit dem Wehtun und dem Trotzdem und so ein Drang zur Schönheit.

»Wer schön sein will, muss leiden«, sagt meine Mutter, als sie mir vor meiner Kommunion über Nacht diese harten Dinger mit Zuckerwasser ins Haar dreht. Mein erster Film als Kind war, soweit ich weiß, *Der Dieb von Bagdad*. Da springt einer wie eine Katze über die Dächer und Zinnen und glänzenden Kuppeln Arabiens, und alle sind sie hinter ihm her und keiner kriegt ihn, und er lacht. Das gefällt mir!

Mein drittes Lieblingsmärchen heißt *Der Kaiser und die Nachtigall*. Der Kaiser hat ein Spielzeug, das er über alles liebt. Es ist eine künstliche Nachtigall. Sie funkelt und glitzert, und wenn man sie aufzieht, kann sie auch noch singen. Eines Tages geht das Spielzeug kaputt. Der Kaiser wird krank und muss wohl sterben. Wo ist die echte Nachtigall? Schon lange auf und davon. Ein Küchenmädchen findet sie, und sie singt. Der Kaiser erhebt sich vom Sterbelager und wird gesund ... Bin ich denn nicht auch so ein künstlicher Vogel geworden? Zeitweilig ein beunruhigendes Gefühl beim Anschauen meiner eigenen Filme.

Mein Erstkommunionsbild, 1953

Geht das Kind auf die Oberschule oder nicht? Es geht! Da kann man mehr werden. Ein Opfer ist es schon. Aber dafür ist Verständnis. Schon mein Vater hätte ja auf die Oberschule gewollt, nur, das war nicht drin. Da waren es neun Kinder und sein Vater ein kleiner Angestellter. Bei meiner Mutter waren es sogar elf Kinder. Aber da ging's schon. Ihr Vater war Steuerinspektor, vormals Bauernsohn. Allerdings ist meine Mutter vorzeitig abgegangen von dieser Höheren Schule, von der man zuhause mit einer gewissen Ehrfurcht spricht – wegen der Kopfschmerzen. Bei mir sollte es nun klappen, und so bin ich neun Jahre lang bis zum Abitur und weitere zehn Semester lang unaufhörlich in den Kopf gerutscht – wie ich heute sage – ohne Schmerzen, aber doch mit einem langsam wachsenden Unbehagen. »Hanna, nimm doch die Mappe vom Schoß«, sagen die Lehrer, »das sieht ja aus, als wärst du immer im Aufbruch.« Die Mappe bleibt. Man gewöhnt sich an diese Eigenart und auch an andere. Warum meldest du dich nicht, wie alle anderen? Irgendwie kriege ich den Arm nicht hoch, auch wenn ich etwas loswerden will, irgendwie gehemmt. Damals fing das an mit der Introvertierten. Mit ihr werde ich noch zu kämpfen haben. Einige Lehrer habe ich geliebt, und sie haben was aus mir rausgeholt und mich stark gemacht. So ein Lehrer will ich auch werden, als ich später studiere. Meine

Lieblingslehrerin in der 2. Klasse sagt zu mir bei der Zeugnisausgabe: »Aus dir wird mal was Besonderes.« Ich werde rot. Was ich dabei empfunden habe, weiß ich nicht mehr so genau. Ich glaube, es war so zwischen »Ich weiß schon« und »Aber doch nicht ich!« Wenn ich in der Schule *nicht ganz da* bin, lässt man mich in Ruhe. Die Sucht zum Tagträumen geht weiter. Nicht *Hier-sein*, *Woanders-sein*. Nicht so sein, sondern jemand anderer sein. Ja, etwas Besonderes. Nie habe ich phantasiert in Richtung Mann und Kind und trautes Heim. Die Ehe war für mich so eine Art Falle. Da wollte ich nicht reintreten.

In der Pubertät wird vieles anders. Zuerst ist es aus mit dem Gottvertrauen. Das geht ganz schnell, von einem Jahr zum anderen. Bei der Kommunion wird mir noch schlecht vor Aufregung. Die Firmung schon scheint mir fauler Zauber. Die obligate Uhr wird sofort an meine Mutter weitergegeben. – Nur nicht ganz erwachsen werden. Ja, von wegen lieber Gott: Dass die Heidenkinder niemals ins Paradies können, war mir als Kind schon verdächtig. Was können denn die dafür? Aber die Sache mit dem Jüngsten Gericht, das ist der absolute Hammer. Wenn einer schlecht ist, was kann er dann dafür. Wenn er wählen könnte, würde er doch lieber gut sein. Jeder ist gut und

Die Sonne ist mein neuer Gott ..., München, ca. 1956

schlecht, und das siegt, was gerade stärker ist. Was heißt denn da freier Wille, und außerdem – was gut ist, kann auch schlecht sein, und was schlecht ist wiederum gut. Und einen Gott macht man sich vor, um die Ungerechtigkeit zu ertragen, zum Dranfesthalten, wo es eigentlich nichts zum Festhalten gibt. Ja, und was soll dann das Ganze? Ist alles sinnlos? Fragen, die Angst machen. Nachts kann ich deshalb oft nicht schlafen.

Die Sonne ist mein neuer Gott. In der Sonne liegen wie eine Eidechse auf den heißen Isarsteinen, daneben der Wasserfall, im Kopf ein Alles und Nichts und sich auflösen unter den Strahlen. Der Körper am Abend noch heiß und stark und prall davon. Jetzt fängt es an. Ich fühle mich wohl in meiner Haut. Und nicht mehr ich bin hinter den Jungs her, sondern jetzt sind die Jungs hinter mir her. Was sind denn das für Jungs? Die Halbstarken mit den Motorrädern und Plattenspielern und *Rock around the clock*.

In Deutschland gibt es das Wirtschaftswunder. Man fährt nach bella Italia – auch ich. Auf einer Hotelterrasse, die ins Meer hineingeht, unter südlichen Sternen und dem verwehten Klang des Gummimambo holt man mich in die Mitte und klatscht: »Tu sei la piu bella.« Ich habe gewonnen in einem Schönheitswettbewerb. Den Mambo kann ich noch nicht tanzen mit meinen dreizehn Jahren. Ja, wenn ich erst mal älter bin. Alles scheint möglich, und Sex ist ein Magnet, und wenn man es dann miteinander macht, das muss das Größte sein. So groß, dass es nur ganz selten passieren kann, ein paar Mal im Jahr vielleicht. Nein, das ist schon zu viel.

Sweet little sixteen heißt der Hit, als ich gerade sechzehn bin. Mein erstes Idol ist Brigitte Bardot. So wie die möchte ich sein.

Die Göttin geht mit mir wie in einer Doppelbelichtung. Die Haare hochgetrimmt, die Lippen aufgeworfen, der Petticoat wippt, und ewig lockt das Weib. Was vorher der Hinterhof war, ist jetzt der Badeplatz. Unterm Wasserfall stehen, sich treiben lassen in der starken Kanalströmung. Der Weg führt vorbei an einer Stelle, die ist abgesperrt, ein Schild mit einem Totenkopf. Ein Strudel, der nach unten zieht, unter eine Mauer, unter ein Wehr. Von jetzt an ist der Tod für mich der Sog, der nach unten zieht. Der Sog ist auch in mir. Ein Gefühl, das mich verschlingt: Ich bin nicht genug. Meistens verberge ich es wie eine schlimme Wahrheit. »Ach, du brauchst doch keine Komplexe zu haben«, sagen die anderen. Auch der Wasserfall ist in mir. Manchmal fühle ich mich so stark, dass es mich selber wundert, und alles scheint möglich.

Mein zweites Idol ist Marilyn Monroe. *I wanna be loved by you*, singt sie, und es gehen Wonneschauer über sie drüber, weil sie sich vorstellt, wie sie von allen geliebt wird, und wie sie sich's vorstellt, passiert es auch. Und sie ist wunderbar, und wo sie auftaucht, entsteht Erotik »and a very sexy feeling about life«. Ich bin siebzehn, als sie tot aufgefunden wird. Ruhm hilft also auch nicht, auch der Ruhm verschwindet in dem Sog, der nach unten zieht. Für andere war sie die Größte. Was war sie für sich selbst? Ein Nichts? Eine Katastrophe, verpackt in Glamour mit einem Hauch von Paradies? Von jetzt ab verbindet sich für mich etwas Tödliches mit der Hingabe an ein Publikum. Nur nicht an diesen Geisterspuk mein Leben verlieren. Eine Abwehr ist da, die Anziehung auch. Weshalb ich in meinen ersten Rollen einerseits die »Vorstadt-Marilyn« genannt werde und andererseits der »Anti-Star«.

»Was wollen Sie später werden?«, fragt man uns vor dem Abitur. »Lehrerin, wenn mir nichts anderes einfällt«, sage ich mit der Grobheit der Ehrlichkeit. Ich habe dabei an nichts Bestimmtes gedacht – oder habe ich den Gedanken nicht hochkommen lassen? Die Eltern wollen auch befriedigt werden. Das Kind soll es einmal besser haben! Ein gediegenes Studium scheint so viel wert. Ich mache mit, weil mir nichts anderes einfällt … Bis mir etwas anderes einfällt – spät, aber doch – mitten im Studium der Philologie.

Aber weil ich mit neunzehn sehr wohl spüre, dass ich eigentlich nicht weiß, was ich will, suche ich Aufschub. Ich gehe nach Paris zum Kinderhüten und Haushaltmachen für ein Taschengeld. Au-pair nennt sich das, halb Haustochter, halb Gast, halb Dienstbote. Die Leute heißen Ego und sind auch ganz schöne Egoisten. Warum geht Madame ausgerechnet nach der Geburt des Kindes wieder arbeiten und holt die Ersatzmutter – mich? Da bin ich also in einem Hochhaus, *très chic*, inmitten einer Arbeitergegend. Vom Fenster aus kann ich die Renault-Werke sehen, und abends, wenn ich mit der letzten Metro nach Hause fahre, laufe ich das letzte Stück, den endlos langen Boulevard, zu dieser Wohlstandsinsel im Laufschritt. Wird mich jemand angreifen? Bin ich auf der falschen Seite? Kein Wunder, dass mir ein Ohr aufgeht, für »wer dient wem«, oder mit anderen Worten »wer beutet wen aus und warum?« In Deutschland redet man noch nicht davon. Es ist die satte Zeit des Wirtschaftswunders. In Frankreich ist man links, wenn man denken kann.

Jeden Abend setze ich mich in dasselbe Cafe am Montparnasse. Mal sehen, wer mich heute anspricht. Spannend, wer alles auf mich zukommt. Ich brauche gar nichts dazu zu tun. Jeder dritte ist Jude. Die Deutsche zieht sie an trotz alledem, was gewesen ist oder gerade deswegen. Ein komisches Gefühl, so ein nationales Verbrechen im Rücken zu haben. Ich kann ja nichts dafür, dass ich deutsch bin. Ich bin anders. Hätte ich damals mitgemacht? Niemals! Sag' das nicht, auch du bist zum Gehorsam erzogen … Siebzehn Jahre später spiele ich Lili Marleen, eine Galionsfigur im Nazi-Regime. Auch wenn sie nichts anderes tut als ein Lied singen. Nur ein Lied, das ist doch nichts Böses? Sie kann doch nicht immer Nein sagen, das würde sie verdächtig machen. Ein kurzes Intermezzo in einem jüdischen Haushalt im 16. Arrondissement, stinkvornehm sozusagen. Madame macht mir einen Stundenplan, auf die Minute genau. Plötzlich höre ich mich sagen: Das ist ja wie im Konzentrationslager. Sie rollt den Pulloverkragen herunter, schlimme Narben starren mich an und ich komme dermaßen ins Schleudern, als hätte ich es getan. Wer befreit die Frau von dem Zwang, sich eine Deutsche zu nehmen? Ich kann's nicht. Warum kann ich nicht die bleiben, die ich bin, und muss so werden, wie man mich sieht? Das Problem wird

Die Augen schwarz umrandet …, ca. 1961

immer wieder auftauchen, als Schwäche und als Stärke. Bin ich deshalb so gern allein? Der Schauspieler ist ein Medium, für den Stoff, für den Regisseur, für das Publikum. Gut, dass man mir den Eigensinn nicht austreiben konnte, den brauch ich als Gegenspannung.

Der Geliebte in Paris ist Exil-Spanier. Er redet vom Spanischen Bürgerkrieg. Da sind die Freiwilligen aus allen Ländern gekommen und haben für eine bessere Welt gekämpft. Könnte ich mein Leben einem Ideal opfern? Er redet auch vom Surrealismus. Endlich eine Kunst, die mich aufregt. Die Welt als Fremdheit: Das Fremde hat mich schon immer fasziniert. *Ecriture automatique, laisser rêver la ligne* … Jeder ist ein Künstler, wenn er ins Unbewusste steigt. Der Mensch ist ein Gott, wenn er träumt. Wenn doch bei mir sowas losginge. Ich blättere in den Büchern von Max Ernst. Ich sehe *L'Age d'or* und den *Andalusischen Hund* und ich lese über Nadja, die schizophrene Geliebte. Nadja trägt die Augen auch übermäßig schwarz umrandet, so wie ich. »Wie du dich immer herrichtest«, sagt meine Mutter, »das steht dir nicht. Du musst dich so schminken, dass man es nicht sieht.« Nadja treibt in der *confusion très poétique de son esprit* und sie treibt auf die vollkommenen Augenblicke hin – *les moments parfaits*. Auch ich suche vollkommene Augenblicke. Die sind es, für die es sich zu leben lohnt. Da kann ich mich aufschwingen, raus aus dem ganzen mittelmäßigen Rumgemache. Da komme ich zu der Intensität, die ich vom Leben will. Auf den Rest bin ich nicht neugierig. Gehen, wenn die Kurve runtergeht.

Die Männer, die mich gehabt haben, haben mich nie ganz gehabt. So, wie auch ich sie nie ganz haben wollte. Sich ganz gehören – ja – für Stunden, für Augenblicke. Dann muss wieder Einsamkeit sein, loslassen, sich fremd werden, und dann kann das Ganze wieder von vorne losgehen – das Abenteuer der Begegnung. Zusammensein, das ist für mich die Unterbrechung im Alleinsein. »Wem gehörst du denn?«, fragt mich der Nachbar auf dem Hinterhof, als wir gerade eingezogen sind. »Mir«, sage ich mit meinen fünf Jahren.

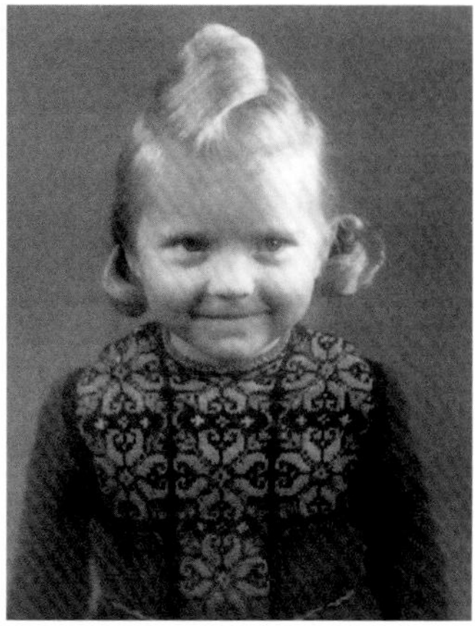

Im Alter von fünf Jahren, München 1948

Wieder in München, studiere ich also Philologie. Ich sitze meine Vorlesungen ab und mache meine Scheine. Aber bin ich wirklich bei der Sache? Die Studienbücher füllen sich mit abstrusen Kritzeleien, während ein Computer im Kopf aus dem saft- und kraftlosen Gerede da vorne das herausfiltert, was gefragt ist. Ich lerne, ganze Bücher quer zu lesen und noch gescheiter daherzureden, als es mich selber interessiert. Beim Sprechen klappern die Begriffe. So ist es also, wenn man eine Intellektuelle wird. Das Bild von Dalí, *Die Frau mit den Schubladen*, die neben der brennenden Giraffe in der Wüste steht, das könnte ich sein. Ich kann mich selber nicht leiden. Ich möchte ein anderer werden. Da bin ich nicht die einzige, das kann man auch politisch sehen. Sich nicht fertigmachen lassen vom herrschenden System. Die antiautoritäre Bewegung rollt an. Umdenken, anders machen, ein ganzer Mensch werden, kein Systemknecht, kein Konsumtrottel, kein Leistungsfetischist. Klarer Fall, die Spitze muss auf die Basis hören, auf die Straße gehen und »Scheiße« rufen, wir wollen keinen Notstandsstaat, den Machtapparat aus der Anonymität treiben, ihn herausfordern. »Ho Tschi Minh« rufen wir, ein Zauberwort. Jeder soll sein Schicksal selbst bestimmen. Weg mit den Popanzen, Imperialisten, Kapitalisten, Chauvinisten, Kulturpäpsten. Die Söhne und Töchter rebellieren gegen den Vater Staat. Noch dazu die Lieblingskinder, die Bevorzugten, die haben's nötig. Die können es sich leisten, die sollen erst einmal was arbeiten, dann kommen sie auf andere Ideen. Ein neues Gefühl von *wir* entsteht. Wir alle ziehen an einem Strang und abends in die Kneipe. Ich war die, die bei der Jukebox immer tanzte, bis ihr das Wasser runterlief, und meistens mit geschlossenen Augen. Schön, den Kopf so zu verlieren.

Jobben: Ich spiele für ein paar Tage Aushilfskellnerin auf der Handwerksmesse. Man schickt mich ins Kaufhaus, das weiße Schürzchen und die große Geldtasche besorgen. Als ich zurückkomme, ist Hochbetrieb. Als Erstes gieße ich den Schnaps einem Herrn über den Hosenlatz. Peinlich, aber mit Charme geht alles. Am Abend stellt sich heraus, dass ich mit den Bons alles falsch gemacht habe, und mit Charme geht gar nichts mehr. Alle müssen meinetwegen länger bleiben. Bin ich denn so blöd geworden, wenn's ums Praktische geht? Ich möchte in den Boden versinken.

Am nächsten Tag gehe ich trotzdem wieder hin. Ich hasse es, aufzugeben, wenn es am schlimmsten steht – dann schon lieber, wenn's am besten ist. Diesmal ist alles halb so wild, und ich habe Zeit, mit der anderen zu sprechen, die auch nur aushilft. Sie geht auf die Schauspielschule, und ohne lange zu zögern, gehe ich das nächste Mal einfach mit. Beim übernächsten Mal habe ich mir schon was einstudiert. »Nicht mitzuhassen, mitzulieben bin ich da«, sage ich als ungehorsame Tochter Antigone, und als die ahnungsvoll Naive, das Gretchen, sage ich: »Mein Ruh ist hin, mein Herz ist schwer, ich find sie nimmer, nimmermehr.« Die Lehrer sagen, »aus Ihnen wird etwas«. Ich fresse es begierig. Ob sie das zu allen sagen? Ich studiere zur Sicherheit trotzdem weiter. Auf der Schule ist ein Junge, der für das Weitere der Wichtigste ist – Rainer Werner Fassbinder. Der ist besonders begabt, und er mag mich nicht, der Kerl, denk' ich. Einmal sagt er: »Steinböcke sind die schlimmsten, mit denen will ich nichts zu tun haben.« Ich bin Steinbock. Sonst redet er von den Filmen, die er machen will. Meine erste ausgearbeitete Szene ist von Goethe. Schwester liebt Bruder, der soll nichts merken, sie blüht in glühender Liebe hinter ihrem Strickzeug. »Das war ganz toll«, lässt mir der Rainer durch seinen Freund sagen. Ausgerechnet er und ausgerechnet das? Was hat denn das mit mir zu tun? Nach dem geglückten Erstling werde ich leider immer schlechter statt besser auf der Schule. Ist es die hochgespannte Erwartung, die alles verunmöglicht? ... Der Satz erinnert mich an *Maria Braun*. Da spiele ich zehn Jahre später eine, die aufs Ganze geht und die im Nirgendwo landet. »Hooked on expectation, life goes by unlived, you know«, sage ich zu einem amerikanischen Zeitungsmann, als der Film ganz unerwartet durchschlägt bis in die USA.

Das Motto auf der Schauspielschule heißt: Kümmere dich nicht darum, wie's wirkt, sei ganz beschäftigt mit dem Machen. Ich kann's nicht. Ich verkrampfe mich: Ich habe Angst,

Angst davor, dass nichts rauskommt, weil nichts drinsteckt. Da, bei dem Satz »von Hunden rings umheult und Elefanten kam sie daher, den Bogen in der Hand«, da schmeiß' ich das Handtuch. »Du hättest schon die Kraft, diesen Kleist-Text zu sprechen, und eine Amazone bist du auch«, sagt mein Schauspiellehrer. »Ich weiß nicht, warum du es nicht richtig herauslassen kannst.« Ohne zu überlegen – so wie es angefangen hat – höre ich mit der Schule wieder auf. Ich kann mich nicht daran erinnern, dass es mir sehr viel ausgemacht hat. Nicht, dass da unter großen Gefühlen ein Traum zusammengestürzt wäre. Und doch war es ein Traum. Schon als Kind wollte ich da oben stehen und gegenüber Publikum. Vielleicht kann ich es gar nicht richtig glauben, dass es endgültig aus ist – und auch das ist kein bewusster Gedanke, so wie alle Gedanken an mich als die Künstlerin, die ich sein möchte, von mir in dieser intellektuellen Zeit im Abseits gehalten werden. So kann sich mein Aufbruch ungestört vollziehen, ohne Diskussion, ohne Panik und ohne Muss auf Biegen und Brechen. Mehr so ein Gefühl von »wenn's sein soll, wird's schon wiederkommen«. Ein Jahr vergeht, oder ist es nur ein halbes, und es kommt wieder! In meinem Briefkasten findet sich ein Zettel: »Hast Du Lust, die Antigone zu spielen? Premiere übermorgen. Komme in das Kino an der Müllerstraße. Gruß Rainer.« Wieder die Antigone. Ich soll einspringen für die andere Antigone, die, nach der Vorstellung von einem Messer getroffen, gelähmt zurückbleibt. Einspringen – das heißt, einmal durchstellen und dann machen. »Das ist ganz einfach«, sagt Peer Raben, der die Collage aus Aischylos und Brecht nach Art des Living Theatre inszeniert hat. »Du musst einfach gut aufpassen und schauen, was die anderen machen, und das machst du dann auch mit. Du wirst schon sehen, das ist so eine Art Machttanz oder so. Und wenn du alleine dran bist, dann mach mal. Dann kannst du was ganz Extremes machen, oder mach gar nichts, das kommt auch stark. Du wirst schon sehen, wie es dazupasst.« Ja, so einfach war das. Was ich gesprochen habe, weiß ich nicht mehr. Meine Rollen entfallen mir, wenn ich sie gespielt habe. Was bleibt, sind Momentaufnahmen, Gefühle. Das Gefühl, das ich hatte, als ich im Lichtkegel stehe, allein und all die Augen auf mir, wie mich das auflädt, wie mein Körper in Spannung ist, wie ich vibriere. Ein starkes Gefühl von Dasein und ein starkes Gefühl von Träumen, Schlafwandeln, Trance.

Ja, richtig, Nonne wollte ich als Kind auch einmal werden. Über meinem Bett hing dieses Bild von dieser schönen Frau mit den gefalteten Händen und die Augen leicht nach oben verdreht.

Eine neue Bahn hat sich aufgetan. Ein Satellit kommt in Umlauf. Ein zweites Ich. Der Ort ist gefunden für meine Geistesabwesenheit. Hier kann ich mit offenen Augen träumen ohne den stieren Blick in die Ferne oder ins Leere oder nach innen, und niemand wedelt mit der Hand vor meinen Augen und sagt: »He, wo bist du, komm zurück.« Hier ist das, was ich mir vorstelle, die Wirklichkeit.

Ein paar Inszenierungen weiter heißt die Gruppe nicht mehr action-, sondern anti-theater. Jetzt macht Fassbinder das Theater in dem kaltgestellten Kino, und er macht es in vielem

Mit Fassbinder in Volker Schlöndorffs Verfilmung von Bertolt Brechts *Baal*, 1969, Photo Volker Schlöndorff

so, wie er nachher Filme macht, eben anders als gewohnt. Das »anti« wurde im heißen Sommer 1968 sowieso ganz groß geschrieben, so wie heute das »aus« in ausgeflippt und Aussteiger, und morgen vielleicht ein »trans« oder »extra«, oder es gibt gar kein Morgen und kein »trans« und »extra« mehr. Ich spiele noch ein paar Mal das Mädchen mit dem weißen Schürzchen, mit dem damals alles bei der Handwerksmesse begonnen hat. Auch, wenn ich das weiße Schürzchen vielleicht gar nicht umhabe. In Schlöndorffs *Baal*-Verfilmung stehe ich als Bedienung hinter dem Baal, dem Rainer, der später der Fassbinder wird, so wie ich die Schygulla. Wer hätte das geahnt? Anfangs kommt mir alles entgegen. Ich werde herausgehoben und denke, endlich passiert's, wie's passieren muss. Aber ich denke auch: komisch – ausgerechnet ich? Und auf Anhieb und so leicht, fast nebenbei und ohne Zittern und Zähneklappern und Wissen, wie's geht. Sondern mit eben einfach Machen.

Fassbinder sagt später, »sie war mein Star von der ersten Probe an«. Genauso kann ich sagen, er war mein Regisseur von der ersten Probe an. Auch beim Zusammenspielen war's mit ihm wie mit keinem anderen. Davor gab's sowieso nichts und danach eigentlich auch nicht. Da war immer eine besondere Spannung, im Ranziehen, Wegstoßen, Anlehnen, Zurückkippen, Aufeinanderzugehen und Sichanschauen. Heute würde man sagen, wir haben uns beim Spielen immer gut angemacht. Und am Anfang haben wir auch in jedem Stück zusammengespielt. Nicht alles hundertmal proben, sondern nur ein paar Mal, und vieles ist nicht fertig, und gerade da muss die Persönlichkeit rein. Und als ich bei der *Bettleroper* eine lange Stelle immer wieder zum Proben rausschiebe, weil ich nicht weiß wie, da sagt der Rainer: »Macht nichts, du brauchst es jetzt nicht zu machen. Wenn du es machen musst, wirst du schon wissen wie.« Es geht auch anders, aber so geht es auch. Bis heute habe ich Geschmack daran, wenn nicht so oft geprobt wird, sondern wenn's gleich gilt wie im Leben. Das regt mich auf. Angst ist natürlich auch dabei. Wo ist die Angst nicht dabei? Das ist ja der große Trick, um dranzubleiben. Ich sage dazu Angstfreude. Angstfreude ist mein Signal zum Aufbruch. Danach hat sich bei mir ein Blockiertsein eingeschlichen, das ich gerne wieder los wäre. Wiederholt sich in kleinen Geburten die große? Als ob ich mir selber diese Hemmspritze gäbe. Eine Dosis Zweifel, die alles verzögert. Also erstmal kommt alles mit Schwung in Gang. Da ist kein

R. W. Fassbinder als Mackie Messer und ich als Polly bei einer Probe zur *Bettleroper*, seiner Version der *Dreigroschenoper*, im antiteater, München 1969, Photo Ulrich Handl

tödlicher Ernst und kein Leistungsdruck, eigentlich nur so, zum Spaß, und den Kritikern gefällt's. Die schreiben irgendetwas von einer faszinierenden Mischung aus Künstlichkeit und Naivität und schlafwandlerischer Sicherheit und Dilettantismus. Das erste Zeitungsphoto, an das ich mich erinnere: ich und er, Fassbinder als Mackie Messer und ich als Polly. Er steht, ich zu seinen Füßen. Er in Lederjacke, ich im Rock'n'-Roll-Ringelmini mit Silberstrümpfen, hohen Hacken, Lockenkopf und eingekohlten Augen – so zwischen Kinderpuppe, Stummfilm-Diva und Münchner Vorstadt. Die Stilisierung bleibt bis in die ersten Filme hinein. Weiterhin gehe ich nach wie vor zur Universität – hauptsächlich oder nebensächlich? Ich brauche mir darüber keine Gedanken zu machen, beides läuft. In der Seminararbeit schreibe ich so Sachen wie »das Empfinden für das Sein-Sollende ist getragen von einer Art Weltgefühl, das der rationalen Evidenz entrückt ist«. Und abends auf der Bühne sage ich so Sachen wie »du bist lieb, dich mag ich, du kannst ja nicht reden, und das ist das Wichtigste für mich«. Ich wandere zwischen Welten. Von einer Kunstsprache in die andere. Tagsüber intellektuelles Säbelrasseln und abends vertrackter Primitivo-Talk. Wie geht denn das zusammen? Es geht. Im ersten *Stern*-Interview nennt man mich einen intellektuellen Instinktmenschen.

Bei *Liebe ist kälter als der Tod* knallt's. Die erste Filmohrfeige. Warum? Franz will mit dem Freund alles teilen, was er hat, auch die Frau, auch mich. Ich will nicht. Da klebt er mir eine, dass es mich umweht. »Du hast den Bruno beleidigt, und Bruno ist mein Freund.« »Und ich?«, sage ich. »Du liebst mich sowieso«, sagt er, … gespielt von Rainer Werner Fassbinder.

Mit Fassbinder in *Liebe ist kälter als der Tod*, 1969, Filmstill

Mit Fassbinder in *Katzelmacher*, 1969, Filmstill

Vor der Filmaufnahme sagt R. W. F. zu mir: »Du darfst keine Angst davor haben, dann tut's nicht weh.« Den Satz habe ich mir gemerkt. Der wirkt. Wenig sagen, aber das Wenige wirkt. Das ist die Regie, wie ich sie von R. W. F. kenne und mag.

Worum geht's in den ersten Rollen? Immer um das Verhältnis zum Mann. Da gibt es die Verschiebung in der Persönlichkeit. War ich am Anfang die *eine,* die ist so frei und liebt eben anders, eben freier und muss den Mann nicht nur für sich alleine haben –, so bin ich später die *andere.* Die hat nur eins im Kopf, den Mann so ganz besitzen zu können, und kommt wer dazwischen, und folgt er nicht willig, so braucht sie Gewalt.

Es folgt das Ende der antiteater-Zeit. Der Schwanengesang auf ein Kollektiv heißt *Warnung vor einer heiligen Nutte.* In diesem Film heiße ich Hanna und spiele mich selbst, während die anderen aus der Gruppe vertauschte Rollen haben. Auf der Hotelterrasse, auf der das herumlungernde Team sich besinnungslos besäuft, steht eine im weißen Pin-up-Kleidchen, mit geschlossenen Augen, den einen Arm nach oben gereckt und dreht sich um sich selbst … Wird man zum Einzelgänger geboren? Dazugehören und doch nie so ganz, ist mir natürlich. Ich habe bei fast allen Gruppenproduktionen mitgemacht. Gewohnt habe ich nicht im gemeinsamen Haus. Mal außerhalb am Rande, mal im Mittelpunkt sein, beides brauche ich, beides hatte ich. Die anderen haben es hingenommen. Vielleicht war es auch ein Dorn im Fleisch?

Zwei Jahre später mache ich einen Strich durch die Karriere. Das hat sie gerettet, denke ich. Äußerlich war ich auf dem ersten Höhepunkt. *Effi Briest* wird der erste Publikumserfolg. Schon während des Films rede ich davon, dass ich aufhören muss. Was mit Spaß und Begeisterung angefangen hat, war jetzt beim Unbehagen angelangt. War ich am Anfang fasziniert von meiner eigenen Verfremdung auf der Leinwand, sehe ich jetzt Starre und Wiederholung und Lüge, oder ist es nur ein Danebensein? Der Traum wird zum Albtraum. Ich möchte, dass es mich da oben nicht so gibt, wie es mich gibt. Ich wollte, ich könnte mich da runterholen, mich nehmen und an die Wand klatschen, und ein erlöstes Wesen steigt aus dem ekligen Ding. Fassbinder-Filme passieren schneller als üblich. Dieser zieht sich mit Hindernissen über zwei Jahre, Stagnation auf der ganzen Linie. R. W. F. filmt mich mit Distanz. Ich gebe mein Bestes, wie immer. Als ich den fertigen Film sehe, gehe ich nach Hause und weine. Bin ich so leblos geworden? Was rüberkommt, ein lächelndes Kindergesicht mit traurigen Augen, ein artiges Stimmchen, zu hoch, zu fern, um wahr zu sein. Ein dressiertes Wesen, das eine gute Partie gemacht hat, und dahinter erstickt ein Mensch.

Vieles hat sich aufgehört nach *Effi Briest*. Aus ist es mit dem eheähnlichen Verhältnis, das drei Jahre zuvor damit begonnen hat, dass ich sage, endlich habe ich ihn gefunden. »Sie lebt zusammen mit einem italienischen Maler«, war in den Zeitungen lakonisch zu lesen. Jetzt lebt sie nicht mehr zusammen. Jetzt lebt sie wieder allein. – Aus ist es auch mit Fassbinder. Nach einem guten Dutzend Filmen und einigen Theaterstücken in den fünf Jahren.

Ausgerechnet jetzt will man mich für den *Steppenwolf* haben, einen Film mit der sogenannten hohen internationalen Besetzung und viel Geld, auch für mich, man will mich komischerweise unbedingt haben, und immer wieder geht das Telefon, wo ich doch schon Nein gesagt habe. Nein. Warum? Ich bin mir selbst im Weg. – Aus ist es mit dem Staatsexamen, ausgerechnet kurz davor. Das Thema der Zulassungsarbeit habe ich schon in der Tasche: »Schizophrenie und Sprache bei Karl Valentin«.

In einem Köfferchen stapelt sich die Stoffsammlung. Stunden und Wochen und Monate verbracht mit der Studie von Kranksein und Sprache. Und wie das Kranksein zum Künstler und was der Künstler aus Kranksein macht. Die Stoffsammlung bleibt im Koffer. Die Diplomarbeit bleibt ungeschrieben. Ich will nicht mehr gescheit daherreden. Ich will stärker empfinden, so stark wie ich als Kind empfunden habe, wenn noch möglich. Ich will raus aus dem Kopf und rein in die Mitte. Ich habe keine Zeit für den gediegenen Abschluss. Wer weiß, wozu man ihn mal brauchen kann. Es geht um einen neuen Anfang. Ich sitze und lasse meinen Zustand auf mich wirken. Es gibt kein Muss und »Tu das« und »Tu jenes«, um mich abzulenken. Es gibt viel Zeit. Ich bin mir selber ausgesetzt. Mal sehen, was hochkommt. Ich fühle mich irgendwie krank und möchte gesund werden. Ich sitze und schaue auf weißes Leinenpapier mit den Wasserfarben, und sehe Gestalten, ganze Tierkolonnen aus der Urspirale der Milchstraße, der Urschlange kriechen, laufen, springen, strömen in eine Wirbelsäule – in einen Embryo. Manchmal kommt der Pinsel nicht nach, und wenn das Bild fertig ist, beengt mich die Deutlichkeit und ich halte das Papier unter den Wasserhahn und wasche es wieder weg. Doch Spuren bleiben, und ich male weiter und wasche wieder ab, und die gewesenen Bilder lagern sich in transparenten

Schichten übereinander, und ganz zum Schluss hole ich oft wieder das erste Bild heraus, wenn es das Papier überhaupt ausgehalten hat. Und manchmal entsteht ein hässliches Loch, und ich merke, dass ich mich verloren habe an ein Bildchen und erschrecke, dass ich mich mit meinen dreißig Jahren beim Spielen vergesse wie ein Kind. Und doch ist es genau das, was ich möchte.

Ich esse vegetarisch und reise in Sachen Yoga von Holland in die Schweiz, nach England, nach Holland, nach Deutschland. Schulen gibt's genug. Die Zeit ist voll davon. Bewusstseinserweiterung heißt das neue Zauberwort. Überall finde ich was, nirgendwo will ich bleiben. Ich bin eben Einzelgänger, ich mag keinen Gruppengehorsam. Den Guru muss ich schon bei mir selber suchen.

Kinder zieht's zu Kindern, sagt man, erwachsene Kinder zieht's auch zu Kindern. Ein Zufall? Eine Lehrerin an der Rudolf-Steiner-Schule fragt mich, ob ich was mit Kindern machen will. Ich will – spielen: Theaterspielen. Fast ein Jahr vergeht darüber, und am Ende steht dann doch ein einstudiertes Stück – *Momo* von Michael Ende. Es handelt von Menschen, die keine Zeit haben und sich in graue Schemen verwandeln. Die Kinder sind ihre natürlichen Feinde. Die Schemen treten als Schatten auf hinter einem Vorhang und sprechen mit technischen Stimmen über Mikro. Und einige Lehrer der Steiner-Schule finden das ahrimanisch und bedenklich. Und ich finde das bedenklich, so zu tun, als gäbe es die Technik nicht. Der Computer nimmt uns trotzdem in die Zange. Und jetzt habe ich genug von solcher Esoterik und fahre nach Amerika, das uns um diese Nasenlänge so weit voraus ist, dass dort morgen schon heute ist.

Der Entschluss kommt plötzlich, nicht, dass ich da vorher hingewollt hätte. Eine Freundin trampt mit mir durch die Staaten. *On the Road*, mein Lieblingsbuch mit sechzehn, lässt grüßen. »Sollen wir denn nicht einmal nach Hollywood reinfahren?«, sagt die Freundin, als wir 30 Meilen weit entfernt am Strand liegen. Ich sage, »was soll ich denn da«, und wir ziehen weiter.

Wieder zuhause, klingelt das Telefon: »Hier ist der Rainer.« Ich frage, »Welcher Rainer?« Er sagt: »Na, der Rainer, dumme Frage. Ich habe einen Film für dich, den kannst du, glaube ich, schon machen.« Ich sage: »Schön, dass du anrufst. Ich habe in den letzten Monaten öfter daran gedacht, dass es wieder an der Zeit wäre.« Vier Jahre sind vergangen – vier Jahre Pause. Wir machen *Die Ehe der Maria Braun*. Die Leute sagen, »Sie waren wunderbar als *Eva* Braun«.

Noch bevor wir mit dem Film anfangen, reden wir in einer Pariser Bar darüber, ob und wie diese Frau zum Schluss Schluss macht. Ich sage, wenn sie die Kraft hat und geht so weit, dann geht sie auch noch weiter. Dann muss sie eben wieder bei null anfangen. Und der Rainer sagt, da gibt es kein Zurück. Wie selten beim Film wird dieser Schluss auch wirklich zum Schluss gedreht. Die Geschichte der Maria Braun endet in einem Knall, in dem ihre überspannte Existenz sich auflöst. Die Leute fragen, »war denn das Selbstmord oder unbewusst, dass sie das Gas offenlässt?« Und ich frage zurück, »was glau-

Die Ehe der Maria Braun, 1978, Filmstill

Mit Fassbinder bei den Dreharbeiten zu *Die Ehe der Maria Braun*, 1978

ben Sie?« Oder auch, »wo ist der Unterschied?« »Wieso, Herr Fassbinder, haben Sie den Schluss so zweideutig gedreht?«, sagt ein Journalist auf der Pressekonferenz in Berlin. Und der Rainer sagt: »Frau Schygulla wollte in diesem Film nicht sterben.«

Der Film wird ein Erfolg, auch in Amerika. Die Kritiken überschlagen sich. Es heißt, »a German star is born«. Und als ich dann zum zweiten Mal rüberfahre, weiß ich gar nicht, wie mir geschieht. Fortuna hat über mir ausgeschüttet, diesmal bleibt Hollywood auf dem Weg nicht links liegen. Und in New York habe ich dieses Hotelzimmer, von dem aus ich auf die Warteschlangen vor dem Kino am Broadway schaue, und wieder denke ich, ich träume mit wachen Augen.

In diesem Hotelzimmer klingelt das Telefon, und eine Stimme sagt: »Hier Waldleitner. Ich komme sofort, ich habe einen idealen Stoff für Sie, Lili Marleen.« Der innere Kompass schlägt aus in zwei Richtungen: Vorsicht, das kann ins Auge gehen, und: interessant, ein magischer Name. Die Frau, die jeder kennt, und keiner weiß, wer sie ist. Ein Mythos, ein Märchen. Dass es ein Nazi-Märchen wird, war mir nicht gleich bewusst. Zum Produzenten sage ich: »Kommen Sie nicht sofort. Das hat Zeit, und wenn ich es mache, dann nur mit *ihm.*« Meine Mutter sagt: »Ich weiß noch genau, damals bin ich in der Badewanne gesessen, da kam übers Radio ›Lili Marleen‹ mit so einer dunklen erotischen Stimme. Also wenn mir damals einer gesagt hätte, dass später meine Tochter, Lili Marleen … also den hätte ich glatt für verrückt erklärt.«

Eigentlich gehöre ich nicht zu denen, die vorher Studien treiben zu der Rolle. Irgendetwas hindert mich sogar daran, kurz vor Drehbeginn das Drehbuch nochmal zu lesen. Ich steige ohne Vorwissen ein, jedenfalls ohne Wissen, von dem ich weiß. Hängt es daran, dass ich mich gerne überraschen lasse, auch von mir selbst? Diesmal ist es anders. Was weiß ich schon über Nazi-Deutschland? Dieses und jenes, aber so genau wollte ich es bis jetzt auch wiederum nicht wissen, ohne ein Muss. Das ist die Zeit, da möchte man lieber vorbeischauen, auch wenn man nicht dabeigewesen ist. Auch wir, die Generation danach, haben es von klein auf mit eingeatmet, so eine Art Tabu. Jetzt aber muss Schluss sein mit der Vergangenheit. Ich lese über die deutsche Unfähigkeit zu trauern, die die deutsche Unfähigkeit zu lieben ist. Rainer sagt, wir machen einen Film aus dem Gefühl heraus, das wir, die danach, heute zu diesem Kapitel haben. Ich beschaffe mir Videotapes von Dokumentationen. Tagelang schaue ich täglich eine Stunde Drittes Reich. Es dreht sich rein wie eine Schraube. Das geht mir durch und durch, anders als bei anderen schlimmen Nachrichten aus anderen Teilen der Welt. *Wir Deutschen und das Dritte Reich* heißt darunter eine Serie. Deutsche von heute sprechen über damals. Bei vielen ein Strahlen der Verlegenheit. Woher kommt dieses absurde Strahlen, mit dem die finsteren Tatsachen ausgebreitet werden? Nur nicht zugeben, dass es dir den Boden unter den Füßen wegzieht. Du hebst ab mit einem bodenlosen Strahlen. Das merke ich mir. Das muss rein. Wir machen ja einen Film über Tünche und Wegschauen.

Es kommt der Tag, an dem ich ins Musikstudio muss, *Lili Marleen* singen. Auf dem Weg dorthin liegt der Hinterhof meiner Kindheit und die Mauer, auf der wir gesessen haben. Heute spielt da niemand mehr. Ein ruhiger Platz, um mich

Bei den Dreharbeiten im Münchner Olympiazentrum zu *Lili Marleen*, 1981

einzusingen. Ich will nicht, dass da jemand zuhören kann durch Zimmerwände, eine komische Scham bei diesem Lied. Da fahre ich an die Mauer ran und singe im Auto die Mauer an.

Der Jude Stanley Walden (Komponist von George Tabori) aus New York sagt, »immer wenn ich in Deutschland bin, stelle ich mir diese Frage, ob ich will oder nicht. Wie oder wo wäre dieser Mensch im Dritten Reich gewesen?« Wo ich? Gesetzt den Fall, ein Stern am Nazihimmel?

Ich entsteige dem runden Loch eines riesigen Volksempfängers. Hinter mir das Hakenkreuz, die schwarze Riesenspinne. Ob mir das Unglück bringt? Vor mir eine lange schwankende Silbertreppe. Dahinter die gähnende Leere des Olympiazentrums. Ein paar hundert Komparsen verloren im Raum, irgendwann, weit nach Mitternacht. »Im Runterkommen singen«, sagt der Fassbinder übers Walkie-Talkie von irgendwoher. Ich verhake mich mit den Pailletten des Kleides an der Glimmerschicht der Treppe. Im Körper ein Zittern, ein Schwanken unter den Füßen, der Blick ins Publikum mit Angst und schwarzen Gedanken. Ich breche ab. Das Ritual beginnt von vorne. Die Uhr wird zurückgedreht. Fünf vor elf. Fanfaren, Uniformen, hohle Worte, Pauken und Trompeten.

Ich werde winkend über die Bühne gezogen, die Silbertreppe rollt heran. Ich steige drauf, und schwanke, breche ab, und breche wieder ab. So unsicher kann man doch vor kein Publikum treten! »Mach was draus«, kommt Rainers Stimme über den Walkie-Talkie. Die Treppe rollt heran. Jetzt aber: ich setze zum Schritt an – eine Instinktwarnung –, ich schaue nach unten, die Treppe hat sich im Lauf verspätet, und ich wäre ins Leere getreten, drei Meter tief. Jetzt aber, ich schwanke, fange mich, habe Angst und strahle. Dieses Strahlen eben, dieses Überstrahlen. »Alle sind wir unten gestanden und haben gedacht, ja wenn ich da oben wäre, ich wüsste schon, wie runterkommen, und auf so einer Treppe möchte ich auch mal runtergehen«, sagt der Fassbinder danach.

Warum denn nicht die anderen, warum gerade ich?

»Sie weiß von Anfang an, dass sie Karriere machen will«, sagt R. W. F. zum Thema *Lili Marleen*. Ich denke, was heißt denn da von Anfang an wissen und wollen. Halb ziehst du hin, halb schiebt es dich. Schiebt dich was? Dieser merkwürdige Zufall, dass gerade du … oder gibt's dafür ein anderes Wort?

Lili Marleen, 1981, Filmstill

Ich bin die Andere

Mai 2011 … Rainer Werner Fassbinder gibt es fast dreißig Jahre lang schon nicht mehr, nur noch in seinen Werken. Ich sitze seit Wochen im Rollstuhl und ich muss da wieder heraus! Ich nehme es mit Ruhe und Morphium. Die Ärzte sagen: »Nehmen Sie davon so viel Sie brauchen, Frau Schygulla.« So werden die Schmerzen erträglich und ich kann auf der Angst surfen. Als ich schließlich eines ruhigen Tages glaube, nur noch die Hälfte zu brauchen, überfällt mich eine Riesenwelle. Am meisten macht mir Angst, dass es womöglich so kommen musste, dass ich es selbst herbeigeredet habe. Vor Monaten schon fragte ich jedes Mal, noch vor Besichtigung einer möglichen neuen »letzten« Wohnung: »Und wäre sie denn gegebenenfalls auch mit Rollstuhl befahrbar?« Diesmal schaue ich mich in Berlin um, nicht mehr in Paris. Ja, schon seit etlicher Zeit bin ich auf der Suche nach einer neuen Heimat, die nun wieder die Rückkehr in meine alte Heimat ist. Ganz stimmt es nicht, denn eher als so 'ne Berliner Göre war ich doch ein Münchner Kindl, wenn auch ein Flüchtlingskindl. Im März 2011 finde ich in Berlin einen Ort, einen Altbau zum Entkernen. Das passt zu mir. Ja, und außerdem wäre die Wohnung auch mit Rollstuhl befahrbar, im Falle eines Falles. Noch ahne ich nicht, dass der Fall eines Falles kurz vor der Tür steht. Noch bevor die Wohnung bewohnbar, geschweige denn befahrbar ist, bin ich tatsächlich im Rollstuhl gelandet. Dabei habe ich vorher undeutlich Unheil gewittert. Mitten in der Kostümprobe zu dem Erstlingsfilm der

Videokünstlerin aus Lausanne* wird mir unwohl. Ich fasse die schmale Hand der hochgewachsenen Frau mit Augen so blau wie ein Bergsee im dunkelgerahmten Gesicht, die mich später an blaue Wolfsaugen erinnern werden, und sage beschwörend: »Lassen Sie mich bitte gehen«! Allerdings habe ich doch den Vertrag schon unterschrieben. Man lässt mich nicht gehen. Unglaublich so ein Verhalten! Auch für mich selbst. Hatte ich doch nach Lektüre des Drehbuchs, ohne zu zögern, zum Telefon gegriffen und Ja gesagt. Es ist die Geschichte ihrer Mutter, die im Jargon der Psychiatrie »border-line« ist, grenzwertig. Ich habe etwas für Grenzgänger übrig. Ich bin ja selber einer. Als ich die Experimentalvideos sehe, die sie mit ihrer Mutter gedreht hat und mit denen sie den Schweizer Pavillon auf der venezianischen Biennale bestücken durfte, treffe ich sofort ins Schwarze, wenn ich sage: »Aber versuchen Sie nicht, mich auf Ihre Mutter hinzutrimmen.« Sie lacht und sagt: »Es ist doch eine Fiktion.« Allerdings drehen wir an den Originalschauplätzen ihres Lebens, und wenn es nach ihr gegangen wäre, hätte sie mein Haar auf das Hellbraun ihrer Mutter umgefärbt. Aber da ging es noch nicht nur nach ihr. Später dann allerdings schon. Bereits am zweiten Drehtag merke ich, dass alles so sein soll, wie sie es sich schon seit Jahren ausgedacht hat. Ich betrete das Revier einer Unzugänglichen. Sie verarbeitet ihre Familiengeschichte. Die Mutter ist unkontrollierbar. Sie, die Tochter, will alles kontrollieren. Der Apfel war so weit weg wie möglich vom Baum gefallen. Die Dreharbeiten des Films nähern sich endlich dem Ende.

* Das Spielfilm-Debüt *Avanti* (2012) der Videokünstlerin Emmanuelle Antille.

Alles, was diese Frau tut, gerät ihr maßlos …, in Emmanuelle Antilles Film *Avanti*, gedreht 2011, Filmstill

Da kommt der Tag mit jener Szene, nach der nichts mehr wie vorher ist. Wie es das Drehbuch will, sitze ich mit meiner Filmtochter, erschöpft von unserem Zweikampf des Vorabends, auf der Gartenbank, schaue zum Himmel und sage: »Es wird regnen« … und schon regnet es und ich fange die Tropfen auf mit offenen Händen wie Tränen der Befreiung … und da fühle ich mich so im Einklang mit der Natur, dass ich, die ich eben noch zu Tode betrübt war, im Handumdrehen ins Himmelhochjauchzende kippe … und weiter drehe ich mich im Regen bis zum Swimmingpool, steige leichten Fußes aus den starren Jeans und werfe mich mit dem Rest meiner Kleidung ins Nass … und werfe mich von einer Seite auf die andere und schnelle nach oben und tauche wieder unter, als wäre es die Taufe einer Neugeburt … in maßloser Hingabe ans weiche Wasser … Alles, was diese Frau tut, gerät ihr maßlos. Deshalb wird sie auch von Zeit zu Zeit in der Psychiatrie ruhiggestellt auf Veranlassung der liebenden Familie. Es muss eben alles seine Grenzen haben. Aber die Tochter wagt mit ihr einmal die Flucht nach vorn. Statt sie im Sanatorium abzugeben, schwänzen sie die Anstalt. Am Abend nach der Swimmingpool-Ekstase fühle ich unbekannte Schmerzen im Bein, und die Nacht kann ich nur überstehen, indem ich mir einen Stuhl ins Bett ziehe, auf den ich mich gleichsam im Liegen setze. Es geht auch anders, aber so geht es auch. Dann geht's ab ins Krankenhaus und rein in die IRM-Röhre. Ich bin voll mit Morphium. Trotzdem kann ich die ausgestreckte Haltung nicht ertragen während der langen Minuten der Durchquerung der Röhre. Die Schmerzen flammen auf. Da mache ich zum Glück im Unglück die Erfahrung, wie ich Schmerzen verwandeln kann. Nur nicht verkrampfen, denn dann wäre das Röntgen-Bild so verschwommen wie mein Blick in die Zukunft. Statt zu schreien, fange ich an zu singen. Statt Oh Oh Oh rufe ich Ah Ah Ah … und langsam gleitet das gequälte Stöhnen in eine hymnische Klage, und der Atem kann fließen, und ich hebe ab über den Schmerz, bis mich die Röhre wieder ausspuckt. Aus dem Krankenhaus in Lausanne geht's nachhause, nach Paris, im Rollstuhl. Wenn vor mir Fußgänger gehen, rufe ich lachend ein Hupen: Tüt! Tüt! Als wär's nur ein Spiel im Kindergarten. Ich nehme es lustig, um's überhaupt zu nehmen. Zuhause sehe ich alles meistens aus der Horizontalen. Mein Blick geht auf meinen Garten, auf die Azalee, die sich wie jedes Jahr vor meinem Fenster in ihre Blüten ergießt, und auf die langstieligen Hortensien und Farne. Ein leiser Lufthauch genügt, und schon wiegen sie sich auf dem Schoß der Erde. Ich rufe halblaut nach meiner Mutter, auch wenn sie mir längst schon ins Jenseits vorausgegangen ist, und dann wieder nichts als langes Schauen. Ich fühle es, die Zeit kann auch

Mit meiner Schauspielschülerin Anika, 2012, Photo Eric Bouttier

anders fließen. Noch nie habe ich in den vielen Jahren so lange auf ein Stück Natur geschaut wie hier vom Bett aus auf meinen kleinen Garten mitten in Paris. »Hier würde ich nie weggehen«, sagen alle, die mich besuchen, und sie sagen auch, ich hätte schon lange nicht mehr so »épanouie« ausgesehen … so hingegeben und erfüllt. Dennoch, drei- bis viermal am Tag geht es aus dem Nirwana senkrecht ab in die Schmerzhölle. Aber ich darf ja Morphium nehmen so viel ich will.

Die Produzenten aus der Schweiz wollen wissen, ob ich die paar Szenen, die noch fehlen, zu Ende drehen könnte. Alles wird mit Double vorbereitet, und ich bräuchte dann jeweils nur für Minuten aus dem Rollstuhl raus. Ja, aus dem Rollstuhl will ich heraus. Fangen wir mit fünf Minuten an. Es muss gehen, es wird gehen, und es geht dann auch! Zwischendrin kreist der immer selbe Gedanke weiter: Es war mir wohl vorausbestimmt. Deshalb konnte ich es auch schon voraussehen damals bei der Wohnungssuche in Berlin. Dann packt mich wieder die Angst und reißt mich im Sturzflug nach unten. Ich greife nach der Hand des Osteopathen, den sie mir beim Film zur Seite geben. Der sagt geistesgegenwärtig: »Ja, Du hast es wohl vorausgesehen, und dann kam es sehr viel schneller, als Du schauen konntest. Doch, wer weiß, bald hast Du es auch wieder hinter Dir! Einmal Rollstuhl ist doch nicht immer Rollstuhl! Diesen Satz sauge ich durstig in mich auf und kann jetzt auch seine Hand wieder loslassen. Am Abend dann, als der Rollstuhl im bläulichen Nachtlicht des Hotelzimmers blass erstrahlt wie im Horrorfilm, kommt mir auch wieder ein befreiendes Lachen. Ich bin ja auch nicht allein mit diesem Bild. Wer kann schon alleine lachen und nicht verrückt sein. Die, die mir das Nachtlicht angemacht hat, ist Anika aus Berlin, die einzige Schauspielschülerin, die ich je hatte. Sie hatte davon geträumt, von mir ein paar Stunden zu bekommen, um eine Szene aus *Elektra* zu »erarbeiten«, auch wenn Paris nicht gerade neben Berlin liegt. Und weil sie weiß, was sie will, hat sie es dann auch bekommen. Allerdings, das hat sie sich wohl nicht träumen lassen, dass sie eben diese Hanna Schygulla, die sie aus mehreren Filmrollen kannte, eines Tages auf zwei Rädern durch einen Film rollen würde. Sie hilft mir abends ins Bett und morgens aus dem Bett. Sie fährt mich zum Frühstück im Hotel, und dann in den Hotelpark. Mein Blick sucht das Rückgrat der Bäume, den Baumstamm, und da gibt es diesen Baum mit dem mehrfachen Stamm, der in den Raum ragt wie eine geöffnete Hand und mich an mich erinnert und mein mehrfaches Leben in den Rollen. Und sie, meine einzige Schauspielschülerin, ist es auch, die mich in die jeweiligen Filmszenen hineinfahren und wieder herausfahren wird.

Mehrfacher Stamm im Hotelpark bei Lausanne, 2012, Photo Anika Dressler

Anika ist in der DDR geboren und nach dem Mauerfall noch als Kind mit ihrer Mutter ohne den Vater, aber mit Schwester und Bruder nach Berlin in die Freiheit geflohen. Dort haben sie im Osten der Stadt zusammen mit anderen »Ossis« ein verlassenes Haus besetzt und mit den verlassenen Habseligkeiten ringsherum möbliert. Es war ein Haus der offenen Türen, in dem niemand sich abgesperrt hat, und das hat sie geprägt. Anika ist jetzt selbst das, was man aufgeschlossen nennt. Sie ist Ende Zwanzig, sieht gut aus, hat Charakter und ein gesundes Selbstbewusstsein. Als es ans Abschiednehmen geht, sage ich: Sollten wir uns nicht ganz aus den Augen verlieren, so hätte ich, wenn ich nach Berlin ziehe, dort also schon eine junge Freundin, und sie sagt ohne zu zögern: »wieso denn … hätte? Du hast sie doch schon!«

Wieder zurück in Paris und weiterhin im Rollstuhl, bringt mir ein Kurier ein Buch mit dem Titel *Lichtspuren** ins Haus. Geschrieben hat es Brigitte Kuthy Salvi, die erblindete Schwester des Kameramanns, die mich, als sie noch sehen konnte, als Maria Braun »kannte«. Sie hat es mir gewidmet in Buchstaben, die das Weiß der Papierseite in einer Girlande überqueren. Es ist genau das Buch, das ich brauche, um mit meiner Lage umzugehen. Da ist eine, die hat erlebt, wie es ist, wenn nichts mehr ist wie vorher, und sie kann mir vorleben, wie es so weit kommen kann, dass die Überwindung der Behinderung dich beflügelt. Die Formel: »Abhängig oft genug, Opfer für immer auf keinen Fall …« und weiter beschreibt sie, wie sie nun in einer Person zu zweit sind. »Nur wenn die Vor-

* Im französischen Original: *Double lumière* (Vevey, 2009).

herige sich mit der Jetzigen arrangiert wie mit einer Zwillingsschwester, können »wir zusammen ein echtes Abenteuer erleben«. Irgendwann greife ich zum Telefon, um ihr zu danken. Sie sitzt gerade im Schnellzug von der Schweiz nach Paris. Kaum können wir uns bei dem Fahrtlärm hören, nur so viel, um uns zu verabreden: Auf einem Platz ohne Lärm, unter den letzten Lichtspuren der Herbstsonne, die uns die Haut wärmt. Ich danke ihr für alles, was mir ihr Buch geben konnte, und sie sagt: »Jetzt schreibe ich an dem neuen und ich habe den Ehrgeiz, so zu schreiben, dass keiner merkt, dass ich blind bin.« Ich sage: »Tun Sie das nicht. Übertragen Sie uns lieber den Blick Ihres dritten Auges. Wir sind doch täglich mehr und mehr von Bildern überschwemmt.« »Gott sei Dank«, sagt sie, »dass mal jemand so deutlich wird. Ich komme nicht weiter mit dem Buch.« Und ich sage: »Sie brauchen sich nicht zu messen. Sie sind einmalig.« Ich begleite sie zurück. Auf der Straße geht sie an meinem Arm eine Spur nur zurückversetzt, leicht wie eine Feder, und beide sind wir froh, weil wir uns im richtigen Augenblick etwas Wichtiges geben konnten. Später hat sie mir auf dem Handy die Nachricht hinterlassen: Es war ein leuchtender Moment. Etwas ging zwischen uns hin und her.

Auch ich gehe inzwischen wieder hin und her. Als ich den dritten Chirurgen aufsuche für den Fall eines Falles und wiederum vom Nageln der Wirbelsäule die Rede ist, setzte ich mich ab vom »Fall eines Falles« und ziehe mich am eigenen Schopf nach oben. Ich setze voll auf Optimismus! Nur das hilft, wenn die Gefahr am größten ist: Glauben, dass es gelingen wird, und dem Zweifel keinen Platz geben.

Wieder einmal hatte der richtige Arzt im richtigen Moment das Richtige gesagt: »Sie haben den Schaden schon vor dem Rollstuhl gehabt, also kann es auch ein Nach-dem-Rollstuhl geben. Glauben Sie daran und hören Sie auf Ihren Körper!« Darin habe ich doch Übung, schon »von Berufs wegen«. In jeder Rolle erst den Körper sprechen lassen und dann die Worte sagen … In jeder Rolle sich zuerst vorstellen, ich sei die Andere mit einem anderen Leben … dann glaube ich daran … und dann werde ich die Andere mit einem anderen Leben! Stirb und werde.

Aber auch: Ohne Fleiß kein Preis. Auch das Werden braucht Arbeit: Strecken, Dehnen, in die Körpermitte hineinatmen … gleich beim Aufwachen, noch im Liegen das Kreisen um die Krisenzone, und dazu Unerwartetes aus dem französischen Radio. Hören und staunen …

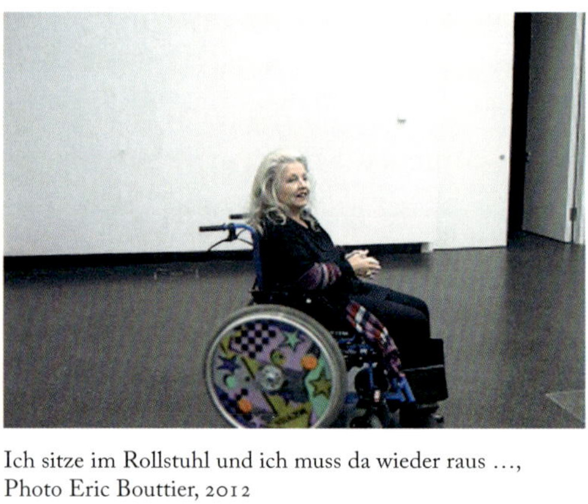

Ich sitze im Rollstuhl und ich muss da wieder raus …,
Photo Eric Bouttier, 2012

Gott incognito

Der Zufall hat mich immer geführt. Wenn es der Zufall so will, brauche ich es nicht mehr zu wollen. Aber vielleicht ist es auch so, dass der Zufall passiert, weil etwas in mir es so wollte. Als ich mich während der zehn Semester Philologie mehr und mehr verabschiedete vom »zu viel Denken«, ging es erst mal um eine Entwöhnung. Aufhören mit dem ständigen Kritisieren und Besserwissen und Lebendiges-luftdicht-in-Begriffe-Verpacken. Dann entdeckte ich die Kraft des anderen, des magischen Denkens: Bilder erfinden, die zu Entwürfen von neuen Wirklichkeiten werden. Jeder kann das, wenn er diese Kraft entdeckt hat. Ich erfinde, also finde ich … Schon als Kind habe ich mir das Beste auf dem Teller für zuletzt aufgehoben. In diesem alltäglichen Bild finde ich einen Entwurf, eine Art Strategie in meinem Leben. Denn auch wenn es zwischendrin sehr dick kommt und nicht schmeckt, denke ich daran: »Ende gut, alles gut!« … und schon macht sich meine Energie auf, das weniger Gute so lange zu verwandeln, bis es am Ende gut wird. Noch weiß ich nicht so genau, wie dieses »Ende gut, alles gut« am Ende meines Lebens aussehen wird. Es steht wie eine Leuchtspur vor mir, die sich, je weiter vorne ins Nebelhafte verwischt. Aber ich gehe auf ihr. Ja, ich gehe ja wieder! Gott sei Dank.

»So nimm denn meine Hände und führe mich«, haben wir Schüler vor dem Unterrichtsbeginn zu Ehren Gottes gesungen. Was ist das für ein Gott, dem ich seither auf der Spur bin?

Aber dieser Gott incognito tut es bei mir nur dann, wenn ich lang genug dranbleibe an dem, worum es mir geht, und nicht aufgebe.

Weil ich nicht aufgebe, als ich als Ersatzkellnerin den Laden durcheinanderbringe, lerne ich am drauffolgenden Tag dort die kellnernde Schauspielschülerin kennen und folge ihr in die Klasse der Privatschule, in der auch der Fassbinder sitzt ... Weil ich Jean-Claude Carrière, den Mann meines Lebens, zuerst in einem Filmkatalog bei Volker Schlöndorff entdecke, unter vielen anderen Photos und nicht einmal besonders groß, denn er ist kein Star auf der Leinwand, sondern einer hinter der Leinwand, ein Drehbuchautor, und weil er mir geradezu ins Auge springt, und weil ich meiner Intuition schlafwandlerisch folge, entstehen daraus dreizehn Jahre Eros und die Umsiedelung nach Paris ... Weil ich irgendwann die Vision von den neuen, jungen Berliner Freunden habe, die mich unter die Fittiche nehmen, und weil die Herren von der Autorenbuchhandlung sich nichts mehr wünschen, als eine Lesung mit mir zu machen, und ich einfach Ja sage, gelingt mir die Entscheidung für eine Wohnung in Charlottenburg als später Spagat in ein mögliches neues Leben. Die Bestätigung wird mir auch hier ein Gott incognito »nachliefern«: Eben jene Freunde gehen mit ihren Hunden auf dem verlassenen Areal des russischen Militärhospizes spazieren. Durch einen Gang gelangen sie in ein ehemaliges Krankenzimmer mit zerbrochener Scheibe, in dem es wegen des eindringenden Windhauchs unter einem Tisch raschelt. Sie bücken sich und entdecken mein Bild auf einer *Zeit*-Beilage, die dort seit über zwanzig Jahren gelegen hat und förmlich in den Boden eingewachsen war, und in dem dazugehörigen Bericht steht ausgerechnet der Satz: »Zufälle haben in meinem Leben immer eine große Rolle gespielt.«

Der Zufall gibt den Anstoß. Er befreit mich vom Zweifel. Da spricht der Zweifel zum Beispiel: Soll jetzt auch noch ich mein Leben aufschreiben? Wem soll das was bringen? Wer wird das überhaupt lesen? Nur die Grauköpfe, die mich noch kennen? Ich gehe zu meiner Oase um die Ecke, der Place des Vosges. Es ist der schönste Platz in Paris, höre ich den Fremdenführer sagen. Ich habe Papier und Stift und setze mich wie immer auf eine der Bänke am Sandkasten. Meistens bringe ich etwas zum Lesen mit … aber das Leben ist stärker. Ich schaue den Kindern beim Spielen zu. Das ist für mich das spannendste Theater. Das ist Shakespeare und Karl Valentin zugleich, und immer geht es ums Ganze, und zwar gleich und ganz ohne Proben wie im Leben. Ich bereite zwei Blätter vor:

Auf dem rechten Blatt notiere ich, was jetzt gerade passiert unter den Jüngsten in der Sandkastenarena.

Auf dem linken Blatt schreibe ich, die ich nun nicht mehr »die Jüngste« bin, über das Gewesene.

Meine Tasche keile ich so ins Kreuz, dass ich länger sitzen kann. Dann schreibe ich den ersten Satz: Ich sitze im Rollstuhl und ich muss da wieder raus. Er bleibt links erst mal alleine stehen. Später wird da stehen: Ich habe es geschafft.

Place des Vosges, Paris,
Photo Véronique Descatoire

Ich bin raus aus dem Rollstuhl. Vorläufig? Das Lieblingswort meines Vaters, das ihm Leichtigkeit brachte. Mich erinnert es daran, das, was war, nicht zu leicht zu nehmen. Rechts schreibe ich: ein junger Vater mit seiner kleinen Tochter backen Sandkuchen. Er scheint beim Spiel noch mehr bei der Sache als die Kleine. Vielleicht erinnern ihn die aufgetürmten Formen ebenso wie mich an Wüstenpyramiden, vor allem als er darum herum leerfegt mit einem belaubten Ast … Auf dem Blatt der Vergangenheit habe ich inzwischen das Kapitel Lausanne neu aufgerollt, das Vorspiel zum Powerhausschaden, wie es im Fachjargon des Wirbelsäulentrainings heißt. In meiner Jugend hatte sich die Furche der Wirbelsäule hüftaufwärts so schön tief markiert, dass der Rainer, ich meine natürlich den Fassbinder, sie langsam mit der Fingerkuppe nachfuhr, als er mir in einer Boutique in Rom unbedingt den aufregenden weißen Hosenanzug zum Geschenk machen wollte. Oft verkehren sich unsere Stärken in Schwächen. Wie gerne bin ich so manchen Berg hoch und dann in einem Zug wieder heruntergelaufen, und da soll mir ausgerechnet das steil an den Hang gebaute Lausanne mit seinem ständigen Auf und Ab zum Verhängnis werden. Nach diesem Satz geht mein Blick wieder zum Sandkasten. Der Mann mit dem Kind packt die Eimerchen zusam-

Im weißen Hosenanzug, hier mit meinem Vater an Bord eines Schiffes in der Adria, 1971

men. Aber bevor sie gehen, kommt der Mann ganz überraschend ein paar Schritte auf mich zu und sagt: »Ich bin gerade zu Besuch in Paris. Ich bin aus Lausanne. Ich weiß, dass sie dort einen Film gedreht haben. Viel Glück!« Das war's. Da packe auch ich meine Seiten zusammen. Jetzt kann ich gehen. Jetzt weiß ich, dass ich aufhören kann, dieses Buch, noch bevor es geschrieben ist, in Frage zu stellen. Es kam, von der Geisterhand des Zufalls beschworen, ein Echo von draußen auf meine lautlosen Sätze auf dem linken Blatt des Gewesenen.

Unterm Christbaum, ich, begeistert, in der Mitte

Auch das rechte Blatt ist inzwischen voll beschrieben. Ein kleines Mädchen kommt darin vor, das Sand in das Kamera-Auge der Mutter schmeißt, als sie diesen Moment festhalten möchte. Ob die Kleine diesem wilden Bild von ihr später wohl auch gerecht wird? Es gibt ein Kinderbild von mir, das mir immer wieder zeigt, wo's lang geht, weil sich meine Natur darin ausdrückt, so ungefiltert wie eben bei Kindern. Die Begeisterung …

Entscheide begeistert! Das habe ich von Handkes Ratschlägen aus dem schmalen Bändchen *Über die Dörfer* behalten. Dieser Satz war für mich bestimmt. Die Erinnerung an den heftigen Tanz, den ich mit Peter Handke in den Hoch-Zeiten der Antiautoritären vor einer Jukebox hingelegt habe, hat sich im Alkoholdunst jener Alternativ-Kneipe verflüchtigt … wie so manches aus dieser Zeit, in der wir alles auf den Kopf stellen und anders machen wollten. Als ich Peter Handke vier

Jahrzehnte später, im Frühjahr 2012, ein paar Zeilen schreibe, um ihm zu sagen, dass es auf dem Jahrmarkt der neuen Kunst im Pariser Palais de Tokyo eigentlich nur sein Beitrag war, von sehr jungen Leuten sehr engagiert und rythmisch skandiert vorgetragen, der bei mir bis ins Innere vordrang, da schreibt er mir zurück: »Mir kommt vor, als sei dieser Text der ›Selbstbezichtigung‹ damals im Antiteater bei oder von Fassbinder erstmals in Szene gesetzt oder gestellt worden«. Ich möchte das bezweifeln, denn was uns nahegeht, hinterlässt auch Spuren in der Erinnerung. Eines jedenfalls ist sicher: Seine Publikumsbeschimpfung war damals in unser aller Munde, und sie hat wohl auch den publikumsscheuen Fassbinder dazu ermutigt, in dem traumatischen Moment, da er vom Publikum ausgepfiffen wurde, eben jenes Publikum mit einer frechen Geste aufzufordern, noch mehr zu pfeifen. Der Presse gegenüber gelingt es ihm sogar, noch einen drauf zu setzen, als er behauptet: »Wenn die da unten mich nicht mögen, dann zeige ich Ihnen, dass ich sie schon zweimal nicht mag.« Ich hingegen wollte immer schon lieber ankommen als durchfallen. Auch wenn ich es nicht ausgesprochen habe, war ich auch damals eher dagegen, das Publikum zu beschimpfen. Soll man doch froh sein, wenn die überhaupt kommen. Wer Gefahr läuft, sich beim Publikum zu sehr einzuschmeicheln, hat nicht das Publikum zum Feind, sondern die Eitelkeit. Ein Schauspicler wird nicht groß, wenn er »nur« gefallen will. Aber wenn du beim Publikum nicht ankommst, bist du bei dir selbst auch nicht angekommen. Nicht immer die Schuld bei den anderen suchen, bei sich selbst anfangen, denn nur so kannst du sichergehen, dass wirklich etwas anders wird, nämlich du selbst.

Zurück in die Zukunft

Zum letzten Mal die Wohnung wechseln, um dahin zurückzukehren, wo ich herkam, in die Heimat – ein Wort, das es in den anderen Sprachen, in denen ich mich ausdrücke, so, mit dieser Aura nicht gibt. Und die Rückkehr in die Heimat ist für mich in erster Linie, in die eigene Sprache zurückzukommen. Wie unter Zwang habe ich mehrere Jahreszeiten hindurch die Pflanzen in meiner Wohnung wie im Garten mit ihrem Wurzeltuff aus der Erde gezogen und dann woanders eingepflanzt. Mal sehen, ob sie es aushalten. Sie haben es ausgehalten. Es geht »zurück in die Zukunft«. Das klingt nach Science-Fiction und ist doch der gewöhnliche Lauf der Dinge. Im Alter kehrt man zurück zu den Anfängen des Lebens. Und ich? Nach so vielen Jahren Ausland werde ich wieder lernen, deutsch zu sein. Mit diesem Deutsch-Sein hatten wir so unsere Not, »Deutschland, bleiche Mutter, wie stehst Du so besudelt unter den Völkern«. Auf so ein Nest möchtest du verzichten. Aber da wird man ja nicht gefragt. Wer allerdings aus dem Nest flüchtet, wird immer wieder nach seiner Herkunft gefragt. Was du fliehst, das verfolgt dich! Jahrelang sind die Kinder aus der Schule am Ende der kleinen Seitenstraße im Marais jubelschreiend unter meinen Fenstern nach Hause getobt, und erst als die Schule geschlossen wurde, habe ich dort eine Gedenktafel mit einem vertrockneten Strauß entdeckt und darin eingraviert: Auf einer Razzia haben die Nazis aus dieser Schule

Judenkinder abgeführt ins Vernichtungslager. Das war in dem Jahr meiner Geburt, und ein halbes Jahrhundert später hat mich meine Geschichte genau dorthingetragen, kaum einen Steinwurf entfernt. Und nun schaue ich von meinen Fenstern auf die Idylle einer ruhigen Seitenstraße des Marais, dem ehemaligen Judenviertel von Paris, in dem ich, die Nachkriegsdeutsche, mich schließlich niedergelassen habe. Zunächst war die Wahl unbewusst und doch war sie folgerichtig. Das, was nicht zu fassen ist, zieht uns ebenso an wie die Sehnsucht. Ein paar Schritte von meiner Metrostation im Marais entfernt gibt es auch die steingewordenen Zeugnisse der anderen Seite der menschlichen Natur. In der Allee der Gerechten, »L'Allée des Justes«, sind sie auf einer Mauer eingraviert, eine Vielzahl von Namen französischer Familien, die Judenkinder bei sich versteckten. Hätte ich auch so gehandelt? George Tabori hat einmal in einem Interview über mich gesagt, dass, wenn er sich noch einmal verstecken müsste, er bei mir unterschlüpfen würde. Gott sei Dank musste er sich nicht noch einmal verstecken. Er war es, der sein Publikum aus dem Versteck holte, als er von Hollywood ausgerechnet nach Deutschland in die Höhle des Löwen ging, um hier sein eigenes Theater der Grausamkeit bis hin zur Umarmung mit dem Todfeind zu entwickeln.

Frankreich war empört, als der Philosoph André Glucksmann einmal die Chuzpe hatte, jeden aufzufordern, den Nazi in seinem Innersten scharf im Auge zu behalten. Schon vorher schrieb Daniel Cohn-Bendit, der rote Dany, in den wilden Zeiten der 68er-Kulturrevolution folgenden Satz aufs Transparent: »Wir sind alle Juden und Deutsche«, der bald zu »Wir sind alle deutsche Juden« mutierte. Gemeint hat er damit wohl: Wir sind alle Verfolger und Verfolgte, Täter und Opfer …, jedenfalls so lange, bis wir endlich zu Handlangern der Liebe werden.

Zum ersten und zum letzten Mal

Im Radio sagt eine Sopranistin in France Musique: »Ich stelle mir beim Singen vor, dass es da unten welche gibt, die zum ersten Mal in der Oper sind, aber auch welche, die zum letzten Mal in der Oper sind, und das gibt mir die Intensität beim Gesang.«

Bei mir fällt jetzt beides oft zusammen, das erste mit dem letzten Mal, der Abschied mit dem Neubeginn. Bevor ich mich in Paris von einem Buch verabschiede und es hinter einem Gitterfenster an der Straße aussetze, damit meine Bibliothek sich verschlankt, blättere ich noch einmal darin, und das oft zum ersten Mal. Bevor in Berlin mein Altbau renoviert wird, enthäute ich die lange Wand von der obersten Tapete und behalte ein marmoriertes Quadrat Vergangenheit. Zum ersten und wohl auch zum letzten Mal werde ich so etwas wie eine Installation erfinden zu diesem späten runden Geburtstag. Er ist so rund, dass ich es selbst noch kaum glauben kann! Orte wie die Akademie der Künste in Berlin und das Europäische Haus der Photographie in Paris haben mich in ihren Ausstellungskalender eingetragen. Und was möchte ich denn dort installieren? Ich nenne es die Stationen eines Weges, den mein Bewusstsein durch sieben Jahrzehnte gegangen ist. Die Wegmarkierungen sind Videominiaturen, die da entstanden sind und immer noch entstehen am Rande meines öffentlichen Lebens, aber im Zentrum meines inneren Erlebens. Dabei kommt mir immer wieder jene Szene in Erinnerung, in der ich als Kind wohl meine erste Installation schuf, ohne zu wissen, was das ist und was ich da tue. Ich bin in dem Alter, in dem man zur Oberschule wechselt, wenn die Begabung reicht. In dem proletarischen Ambiente des Münchner Mietshauses lebt in Untermiete eine schillernde Figur. Sie ist eine schöne Bulgarin mit leuchtendem Tellerrock, und sie erforscht von Berufs wegen Kinderseelen. Einmal lädt sich mich ein, vor einem ganzen Team im Spiel die meine auszubreiten. Man platziert mich vor eine kleine Sandarena mit allerlei Puppen und ich bekomme, als alle Augen auf mich gerichtet sind, eben den Schub an Energie, der mich, über meinen Kasten gebeugt, in meiner Seligkeit alles vergessen lässt. Was die Erwachsenen daraus ersehen konnten, weiß ich nicht. Jedenfalls durfte ich danach auf die »höhere« Schule gehen, und geblieben ist mir bis heute die ahnende Gewissheit, dass ich meinem Leben am besten »spielend« die Richtung gebe. Und ebenfalls zum ersten und wohl auch zum letzte Mal bin ich in diesem Spätsommer aufgefordert, ein Semester lang Professorin zu spielen im Fresnoy, dem französischen Zentrum der zeitgenössichen Künste. Ich sage zwar sofort: »Aber ich bin doch selber Lehrling.« Die Antwort ist lakonisch: »Das ist die beste Voraussetzung! Sie brauchen keine Vorträge zu halten, Sie sollen einfach nur mit den Studenten über deren Arbeiten reden, und Sie können auch gemeinsam mit ihnen etwas gestalten.« Was will ich mehr, ich, die ich keine Kinder habe und nie Kindeskinder haben werde außer unter dem Vorzeichen der sogenannten Wahlverwandschaften.

In diesem Sinne bin ich zum ersten und wohl auch zum letzten Mal im Leben der Person begegnet, für die ich und die für

Mit Alicia Bustamante, Paris 2013, Photo Andrée Girard

mich alles in einem sein kann … Mutter, Schwester … Kind und Kindeskind und auch Großmutter … Lehrerin und Schülerin … mal Darsteller, mal Regisseur sowohl auf der Bühne als auch für die Leinwand. So geht das nun schon seit zwanzig Jahren. Es ist Alicia. Alicia ist eine Señora Bustamante, eine Mulattin aus Kuba. Spanien und Afrika und China haben sich in diesem Blut gemischt, und ich bin die »Frau«, wie sie mich manchmal kurz und bündig nennt, eine zugereiste Deutsche, in der sich Ost und West kreuzen. Und beide sind wir Schauspielerinnen, die auch manchmal »Ikonen« genannt werden im eigenen Land, obwohl wir eher mehr als weniger aus diesem Goldrahmen fallen. Noch nie zuvor habe ich jemanden gefunden, der wie ich so viele Altersstufen in ständigem Wechsel durchläuft, und so kommt es, dass wir zusammen in unbegrenztem Rollenwechsel, lachend und leichtfüßig das ausleben können, was uns die Natur anders nicht geben wollte und auch nicht mehr geben kann. Kennengelernt haben wir uns durch Gabriel García Márquez …

Lo real maravilloso …
Die wundervolle Wirklichkeit

Zweimal hatte ich Gelegenheit, in die phantastische Welt des »real maravilloso« einzutauchen, eine Welt, voll der großen und kleinen Wunder, die nicht wie bei uns ins Märchen oder die Bibel ausgelagert sind, sondern am Baum der Wirklichkeit ihre Blüten treiben. Auch ich bin gerade in einer Blütezeit, der zweiten Blüte meiner Filmjahre nach dem Tod von Rainer Werner Fassbinder, als sich mir diese Gelegenheit auftut. Schauplatz ist ein anderer Kontinent: Lateinamerika. Kein geringerer als Gabriel García Márquez hatte zwei Frauenrollen fürs Kino erfunden, die darauf warteten, sich in mir zu verkörpern.

Die erste war Frau Forbes, eine Gouvernante aus Deutschland, die in der Schwüle der Karibik tagsüber Ordnung zelebriert, sich aber nachts dem Rauschgott Tequila hingibt. Eigentlich war Frau Forbes schon totgesagt. Doch dann wurde sie unerwartet doch noch zum Leben erweckt. Das kam so: Gabriel García Márquez ist in einem Café mit Jean-Claude Carrière, dem Mann meiner Pariser Jahre, verabredet. Beide sind sie sowohl Schriftsteller als auch Leiter von Filmschulen. Ich setze mich an einen Nebentisch, denn ich bin ja nicht mit Márquez verabredet. Außerdem hatte ich seine *Hundert Jahre Einsamkeit* noch nicht gelesen, zu dick, das Buch. Schon im Weggehen begriffen dreht sich Márquez zu mir um und bedeutet mir, ihm die paar hundert Meter zu seiner Pariser Bleibe zu folgen. Dort zieht er vor meinen Augen ein Drehbuch aus

Mit Gabriel García Márquez in Mexico City, 1987, Photo Peter Jordan

dem Papierkorb mit den Worten: »Sie sind die Richtige.« Später wird er sogar selbst zum Telefon greifen, um sich zu vergewissern, ob die Richtige auch Ja sagt. Natürlich sage ich Ja, denn ich wittere die innere Nähe zu dieser weit entfernten Welt.

Die zweite Frau aus der Feder von Márquez heißt Alma Kretschmer, und nicht einmal der Autor will es so ganz genau wissen, ob sie ein Medium ist oder eine Betrügerin oder gar ein Gespenst oder von höherer Instanz ausgesandt, um das Rad des Schicksals zu beschleunigen, wo immer sie erscheint. Meine erste Szene in dieser sechsteiligen Familienserie so ganz anderer Art teile ich mit einer kubanischen Schauspielerin, die mir als Schlüsselfigur der Bediensteten in dem riesigen Familienpalast heimlich die Hintertür öffnet, nachdem ich an der Vordertür soeben verscheucht wurde. Denn als sie mich sagen hört: »Lassen Sie mich ein, ich werde für Sie träumen«, kann sie dieser Versuchung nicht widerstehen. Kaum ist die Szene abgedreht, gehen wir alle in die Mittagspause. Vergeblich warte ich auf meine Kollegin bei Tisch. Sie musste sich nach der Szene erstmal hinlegen. Da war ein Flimmern vor ihren Augen und ein Schwanken unter ihren Füßen. War es die Hitze oder die schwindelerregende Ahnung, dass auch ihr eigenes Leben nach dieser Szene so anders verlaufen würde, als sie es sich nie hätte träumen lassen? Die Kollegin ist Alicia Bustamante. Tatsächlich entzieht sich ihr mehr und mehr der Boden ihrer Heimat Kuba unter den Füßen, denn sie wird mir nach meinem mehrmonatigen Ausflug nach Havanna über kurz oder lang nach Paris folgen. Doch das wissen wir natürlich noch nicht am ersten Drehtag, da unsere Lebensbahnen am Schnittpunkt von Phantasie und Wirklichkeit sich zum ersten Mal kreuzen. Allerdings, bereits am nächsten Drehtag laufen wir mit offenen Armen schon von weitem aufeinander zu wie zwei, die sich schon lange kennen und sich endlich wiederfinden. In den folgenden zwanzig Jahren, in denen sie mein Leben teilen wird und ich das ihre, werden wir noch oft mit offenen Armen aufeinander zulaufen.

Das »real maravilloso« der Márquez-Dichtung war der Auslöser dieser wundersamen Veränderung unserer Realitäten. Bei diesen beiden Filmen kommen mehrere Zonen Lateinamerikas zusammen. Nur ich bleibe immer die Andere, Fremdkörper und Mittelpunkt zugleich. Einmal ist es der Mexikaner Jaime Hermosillo, der Regie führt in *Der glückliche Sommer der Frau Forbes*. In der darauffolgenden Serie mit dem phantasieanregenden Titel *Ich verleihe mich zum Träumen* führt ein Brasilianer, Ruy Guerra, Regie. Gedreht wird beide Male auf Kuba. Auf Kuba herrscht zu jener Zeit, im Jahr 1991,

In der Rolle der Alma Kretschmer in *Ich verleihe mich zum Träumen*, 1991

gerade »il periodo special«, die Spezialzeit. Der große Bruder Sowjetunion steht kurz vor dem Zusammenbruch, und der Fluss der Zuschüssse versiegt. Alles auf der Zuckerinsel ist Mangelware, auch Papier. Und gerade dieser Mangel reizt. Es wird besonders heftig weitergeschrieben, auch in die Leerstellen auf gebrauchten Blättern. Botschaften auf schmalen Zetteln gehen hin und her. Inecita, die mich täglich schminkt, legt mir einmal statt des Spiegels so ein Blättchen in den Schoß. Darauf hat sie in ihrer schönsten Schrift einen Glaubenssatz aus dem *Handbuch des Real Maravilloso* niedergeschrieben: »Alles ist ein stummer Buchstabe einer unentzifferbaren Schrift«. Sichtbar werden hinter diesen Worten die Wasserzeichen des Geheimnisvollen, das ich brauche wie das täglich Brot, um gern zu leben.

Dieser Satz wird zum Auslöser werden. Er stammt von dem Argentinier Jorge Luis Borges. Nicht dass es den Kubanern an eigenen Dichtern fehlte, aber er ist nun mal der Urvater des »real maravilloso«. Einige Jahre später werde ich, mal singend, mal sprechend auf der Bühne stehen mit einem Programm, das da heißt: »Borges, der Tango und ich«. Und nochmals ganze zwanzig Jahre später, die Ära der Zettel wurde längst abgelöst von unseren Bildschirmen, ist es ein anderer Argentinier, Luciano Zubillaga, der mich anmailt.* Er möchte eine Art Borges der Moderne drehen mit mir in der Rolle des Erzählers, der

* Luciano Zubillaga wuchs in Tucuman, Buenos Aires und Caracas auf, wo er Philosophie und Kunst studierte. Seit 1993 lebt er in London, machte am dortigen Goldsmiths College eine Ausbildung zum Dokumentarfilmer und ist seitdem mit seinen künstlerischen Kurzfilmen auf internationalen Festivals und in Galerien und Museen vertreten. Der mit Hanna Schygulla geplante Film hat den vorläufigen Titel *Am Ende der Utopie*.

wie in den *Kreisförmigen Ruinen*, dieser für mich wichtigsten Erzählung von Borges, seine Figuren so lange erträumt, bis sie ihn verlassen und sich Schritt für Schritt der Wirklichkeit übergeben. Ich will wissen, wo sich der Erzähler befindet. Und weil das mir überlassen bleibt, setze ich inzwischen auf das Naheliegende: Berlin! Der entkernte Altbau meiner neuen Wohnung ist im Rohbau fertig. Als ich ihm Photos schicke, schreibt er: »Besseres hätte ich nicht erfinden können.« Ich nehme es als Omen. Wer seine zukünftige Wohnung so einweiht, wird dort wohl auch in Zukunft noch so manchen Traum offen haben. Als wir den Rohbau betreten, mangelt es an Licht, wie so oft am Himmel über Berlin, doch dann fällt wie gerufen jäh die Sonne ein, und ich male in den Staub der Fenster »kreisförmige Ruinen«. Da schließt sich hier in Berlin ein zweites Mal jener Kreis zwischen Phantasie und Wirklichkeit, der mit einem Zettelchen im Schminkraum von Havanna begann.

Jäher Sonneneinfall in der Berliner Wohnung

Feng Shui, die Kunst des Entrümpelns

Zu viel hat sich angesammelt im Laufe der vielen Jahre. Ich schiebe alles an die Ränder der Räume, der äußeren wie auch der inneren, damit wenigstens die Mitte frei bleibt. Doch dann wächst die Leere immer wieder unmerklich zu. Dabei sind viele der Kartons mit dem »Eingemachten« aus all den Jahrzehnten noch nicht aufgeschnürt. Also, wenn nicht jetzt, wann dann?Doch da überkommt mich als Erstes die große Müdigkeit, wie einst Dornröschen inmitten ihrer wuchernden Hecke. Ich schicke den Prinzen in mir vor. Der will wissen, was da, in der Hecke drin, schlummert.

Ich öffne ein Tagebuch und lese einen längst vergessenen Traum aus der Drehzeit zur *Ehe der Maria Braun*: Fassbinder kommt mit einem Riesenlaster durch die Gegend gefahren. Er braucht was! Eine Arznei? Baldrian wird ihm gut tun. Ich finde sie im Sanitätskasten meiner höheren Schule. Doch nicht der Rainer, sondern die Hanna trinkt dann die Medizin. Sie trinkt das ganze Glas aus, ohne zu merken, dass wir ja zwei Personen sind und nicht eine. Als es mir zum Bewusstsein kommt, bin ich sehr erstaunt, dass ich uns beide nicht auseinanderhalten konnte. Träume sind Schäume, plappert der Volksmund. Ich aber schaue fasziniert auf diese flüchtigen Schaumkronen auf dem Meer unseres Unbewussten.

Fassbinders dreißigster Todestag rückt heran. In München gibt es inzwischen eine Rainer Werner Fassbinder-Schule. Die

Schülerin Lisa von Törne hat für ihre Klassenarbeit einen Fragebogen an mich zusammengestellt:

Frage: Was fällt Ihnen zu Fassbinder als Erstes ein?

Ich: Angst essen Seele auf … Ich will ja nur, dass Ihr mich liebt … Life is very precious even right now!

Frage: Wie hat Fassbinder bei Drehbuchbesprechungen seine Vorstellung vom Film vermittelt?

Ich: Es gab keine Drehbuchbesprechungen.

Frage: Wie hat er Regie geführt?

Ich: Wie ein Puppenspieler, der seine Figuren an unsichtbaren Fäden in die gewünschten Haltungen bringt.

Frage: Ist er mit jedem Schauspieler gleichberechtigt umgegangen?

Ich: Der Geigenspieler holt seine Melodie nicht aus gleichberechtigten Saiten und er wechselt den Bogenstrich.

Frage: Wie stark hat er Sie als Schauspieler gefördert?

Ich: Ohne ihn hätte es die Schauspielerin Hanna Schygulla nicht gegeben.

Frage: Was hat er Ihnen mit auf den weiteren Weg gegeben?

Ich: Die Lust auf Neues und die Unbefangenheit dem Neuen gegenüber. Auch das Noch-nicht-Können bringt eine eigene Qualität hervor.

Frage: Wie ist er mit Kritik umgegangen?

Ich: Wie der Boxer mit dem Punchingball.

Frage: Wie konnte er so viele Filme in so kurzer Zeit drehen?

Ich: Er konnte, weil er musste. Er war ein geistiger Triebtäter.

Frage: Hat er so schnell so viele Filme gedreht, weil er glaubte, er werde früh sterben?

Ich: Oder hat er nur so kurz gelebt, weil er so viele Filme gemacht hat?

Frage: Hat er Berufliches von Privatem getrennt?

Ich: Sein Leben waren seine Filme und in seinen Filmen war sein Leben.

Frage: Wie haben Sie ihn als Mensch erlebt?

Ich: Sehr zart und sehr brutal, sehr schüchtern und sehr waghalsig.

Frage: Wie würden Sie Rainer Werner Fassbinder in drei Worten beschreiben?

Ich: Der verhexte Hexer.

Es gibt noch weitere Anfragen, um R. W. F. ausgerechnet zu seinem Todestag mit neuer Intensität wieder aufleben zu lassen. Ich denke an Rainers Satz: »Ich habe nicht so sehr Angst vor dem Sterben, sondern davor, dass das, was ich gemacht habe, keine Bedeutung mehr hätte.« Möchte ich dieses Buch auch ein wenig deshalb schreiben, damit es mich überlebt?

Werde ich am Ende mein Leben deutlicher sehen in seinen »wachsenden Ringen«, wie Rilke in seinem *Stundenbuch* sagt? Es ist ein Gedicht, das mich nun schon seit der Schulbank begleitet, und natürlich weiß auch ich, »ich werde den letzten vielleicht nicht vollbringen, aber versuchen will ich ihn«. Hat es mit meinem Vater zu tun, dem Holzsortierer, dass ich bei jedem Baumstumpf auf die wachsenden Ringe schaue und dabei an die Verse von Rilke denke? Und im selben Atemzug denke ich auch daran, wie dieser Mann, mein Vater, in seiner letzten Lebensrunde eigentlich erst zu dem Mann geworden ist, den er ein Leben lang sich und den Außenstehenden vorgespiegelt hat. Als er sich vom Dasein verabschiedet, setze ich folgende Verse von Baudelaire auf die Trauerkarte: »Oh Tod, Du alter Kapitän, lass uns den Anker lichten … Siehst Du mein Herz, wie es strahlt.«*

Bis zuletzt habe auch ich sein Herz strahlen sehen. Ich trete an meines Vaters Sterbebett, er vergisst alle Notbeatmung und streckt mir beide Arme entgegen, im Blick schon das nahende Ende und doch statt Angst nichts als die Freude, mich nochmal zu sehen. Und so gelingt ihm am Schluss eben jene Geste, die am Anfang so misslang … damals, als meine Mutter dem Spätheimkehrer sein fast fünfjähriges Kind zum ersten Mal entgegenhält mit den Worten: » Schau mal, Dein Hannchen!« Aber damals konnte er die Arme nicht hochkriegen und er konnte mich nicht an sein Herz zu drücken. Und also hing ich diesen denkwürdigen Augenblick lang so unerwünscht in der Luft. Liegt es daran, dass ich auch im Nachhinein des Öfteren so ein Gefühl habe von »in der Luft zu hängen«?

Feng Shui! Loslassen, loswerden … Erinnerungsfetzen an den Nagel hängen und auslüften, das Dickicht des Gewesenen so lichten, dass neue Energie in den Raum strömt … »Hannchen, mach das Fenster auf« sind die letzten Worte meines Vaters, als ich schon wohlwissend mein Lager neben dem seinen aufschlage und ihm noch sage: »Jetzt kannst Du ruhig schlafen, ich bin bei Dir, wenn du mich brauchst, und morgen wird alles anders sein!« Aber ohne mich zu wecken, wie auf Zehen-

* »Ô Mort, vieux capitaine, il est temps! levons l'ancre! […] Nos cœurs que tu connais, sont remplis de rayons!« Aus: Charles Baudelaire, *Le voyage VIII.*

spitzen, ist er hinübergegangen. Wo hinüber? Ich weiß es nicht. Ebensowenig wie damals, als er sich so manches Mal in einem Aufwallen von Todesangst an mich schmiegte wie ein Kind, das Unterschlupf sucht. Damals schon wusste ich auch nichts anderes zu sagen als: »Schau mal, keiner weiß doch, was nachher kommt … ob es da etwas gibt oder nicht … Keiner! Deshalb stell Dir einfach das vor, was Du möchtest, und vielleicht wird es eben dadurch wahr. Einen Film gibt es doch auch nur dadurch, dass ihn sich jemand vorgestellt hat. Mach Du Dir deinen eigenen Film vom Jenseits. Du liebst es doch, Dich in der Sonne einfach auszublenden, Du liebst doch dieses Alles und Nichts, in warmes Rotgold getaucht.«

Und ich? Ich will mir noch Zeit nehmen damit, jetzt, wo ich wieder mit beiden Beinen im Diesseits stehe. Ich will mir noch ein paar Gedanken machen, wie ich mich einbringen könnte in die Welt, die mir Tag für Tag auch hier in Paris noch Zeichen der Aufmerksamkeit schenkt. Meistens sind es Frauen, die auf mich zukommen und sich bedanken. Allerdings weiß ich nicht so recht wofür? Aber immer danke ich zurück und oft um eine Spur zu überschwenglich. Ich danke dafür, dass ich jemandem dieses »Etwas« geben konnte, von dem ich nicht weiß, was es ist. Dennoch tut es gut. Ja, geradezu durstig sauge ich es auf, wie die Königin meiner Zimmerpflanzen, die, weil ich sie zu viel gegossen habe, eben mehr von dem Wasser braucht als die anderen. Allerdings habe ich ihr noch zwei andere Pflanzen dazugepflanzt. Sollen sie sich die Erde teilen. So hat es mich meine Mutter noch auf ihrem Schoß gelehrt: »Hannchen, komm wir spielen … teilen, einen Löffel für Dich und einen für mich.« Und so hat sie es von ihrem Schoß in den meinen hineingelegt. Kommt es daher, dass ich bis heute die südliche oder auch östliche Essensweise so mag, wo sich jeder aus der Mitte der Tafel nimmt, was er möchte? Auf meiner langen Tafel, die so lang ist, dass sie mir der Vormieter der Einfachheit halber dagelassen hat, und so alt, dass ich manchmal ins Phantasieren komme, was sich auf ihr wohl schon alles abgespielt hat, häufen sich mehr und mehr Papiere.

Im Spiegel der Öffentlichkeit

Etliche Zeitungsseiten aus dem Image-Karton liegen da ausgebreitet wie bestellt, aber noch nicht abgeholt. Ich lese in meinem ersten Interview im *Stern* vom März 1973: »Leistung macht mir Angst. Ein Kind, das in der spannungsgeladenen Ehe seiner Eltern zu Entscheidungen aufgefordert wird, die es nicht treffen kann, empfindet die Ohnmacht, aus der dann Angst entsteht.« Es war übrigens mein erster *Stern*-Titel. Unter dem Bild mit dem Perückenkopf steht wieder so ein Satz aus der »Holzwelt« meines Vaters: »Ich lasse mich nicht verheizen.« Der Journalist Manfred Lütgenholz will wissen, wie es die »linke Studentin schaffte, sich als Anti-Schauspielerin zu emanzipieren«, und als er mich fragt, warum ich in einer Gesellschaft reussieren möchte, die ich, so wie sie ist, nicht akzeptiere, sage ich trocken: »weil ich keine andere zu Verfügung habe«. Dann folgen die ersten Definitionen: »die gescheite Naive« … »Der intellektuelle Instinktmensch«… »Sie ist unscheinbar, aber hat Präsenz, und wenn sie ins Zim-

Titelblatt des *Stern*, 1973

mer tritt, verändert sich das Fluidum«. Wissen will der *Stern*-Journalist auch noch, was ich sagen würde, wenn mich einer fragt: »Was ist, gehen wir bumsen?«, und gleich selbst das Fazit zieht: »Die Frage muss ihr gar nicht gestellt werden, denn die würde sie selber stellen.« Auch wenn besagtes Wort damals Mode war im neuen, beiläufig saloppen Umgang mit der Sexualität, ich habe es nicht in den Mund genommen. Allerdings habe ich sehr wohl viele Männer damit verschreckt, dass ich ihnen zeigte, dass sie mich nicht zu erobern brauchten, weil ich mich ihnen sowieso hingeben möchte. Aber wenn dann einer kam, der vor so offensiver Bereitschaft nicht zurückschreckte, wusste ich, der ist der Richtige.

Sieben Jahre später gibt es das nächste *Stern*-Portrait. Da schreibt Bodo Fründt in der Überschrift: »Hanna hat's in sich«. Ich sei auf dem Weg zum Weltruhm und träume immer noch vom Aussteigen. »Hanna Schygulla lebt vom Widerspruch.« Nun war ich, anfangs Laienschauspielerin und Stern der Subkultur, zur ersten Garnitur der Darstellerinnen aufgerückt. Jetzt braucht man einfach nur zu zitieren. Denn in den USA haben die Filmkritiker »in die Harfen gegriffen« und schwärmen geradezu in Superlativen. Ich, die in den USA bisher noch völlig Unbekannte, werde mit großen amerikanischen Leinwand-Heroinen verglichen, und ein Laurence O'Toole beschreibt mich sogar »als das ungewöhnlichste erotische Ding, das seit Marlene Dietrich auf uns zugekommen ist«. Und weiter schildert jener *Stern*-Journalist, wie er mit eben diesem ungewöhnlichen »Ding« am Tisch sitzt und sie ihm mit »freundlich sanfter Stimme erklärt, sie halte es durchaus für möglich, dass sie sich von dem Rummel wieder ganz zurückziehe. Sie sagt das ganz ohne Starallüren, und ich spüre sofort: das meint sie wirklich« … Und ein paar Zeilen weiter, »sie redet temperamentvoller als in Fassbinderfilmen … und als ihr Glas Rotwein alle ist, trinkt sie versehentlich mein Glas aus«.

Auf dem *Stern*-Titel ist diesmal der Heavy Metal-Kopf einer Tankschlauchschlange. Im Maul stauen sich die Deutschmarkscheine, und drunter ist zu lesen: ÖL-MULTIS … DER GROSSE REIBACH MIT DER KRISE und der Beginn einer neuen Serie: HITLERS LETZTE HELDEN und was aus ihnen wurde. Portraitiert wird eine Generation, die als Kinder in den längst verlorenen Krieg geschickt wurde …* Auch mein Vater wurde mit diesen halben Kindern in »die Hölle von Anzio und Nottuno« geschickt.** Er war mit Abstand der Älteste, einer der zuletzt Eingezogenen wegen seiner die Kohleenergie erhaltenden Tätigkeit im Grubenholz, und in der ersten Nacht seiner Heimkehr höre ich ihn sagen, er habe sich in der Hölle freiwillig zum Essenholen gemeldet. Denn die Jungs seien dabei reihenweise in die Luft gegangen, nur eben er nicht, vielleicht auch weil es ihm sowieso schon egal war … und da höre ich meine Mutter schluchzen, weil also auch wir ihm nichts mehr bedeuten haben. Schließlich erwischte ein Granatsplitter meinen Vater knapp an der Schlagader, so dass er aus der Hölle zwar mit dem Leben davonkam, aber noch Jahre danach wie ein Fremder durchs Leben geisterte, eine Art »tote Seele«, die mich als Kind Abstand halten ließ, auch wenn meine Mutter

* Die 15- bis 16-Jährigen waren der letzte Jahrgang, der in Deutschland zum Wehrdienst eingezogen wurde.

** Schwer umkämpfter Schauplatz einer Landungsoperation der Alliierten am 22. Januar 1944 mit dem Ziel, auf dem Vormarsch nach Rom die deutsche Verteidigungslinie in Mittelitalien zu umgehen.

mir zuflüsterte: »Hannchen, geh doch mal zu Vati, geh …«, denn immer wieder kommt auch weiterhin aus seinem Mund der Satz: »Das Leben ist gar nichts wert.«

Aber wir Kinder, wir liebten das Leben und wir haben in den Ruinen Deutschlands gespielt, und das war eigentlich viel toller als all das fertige Spielzeug, und vielleicht kommt es daher, dass mir bis heute das etwas Ramponierte und Provisorische lieber ist als Perfektion und dass ich an den Segen der Krise glaube, aus der wir wie der Phönix aus der Asche steigen, wenn uns der Hoffnung Flügel tragen.

»So etwas wie das Prinzip Sehnsucht« sei ich in Fassbinders Kosmos gewesen, heißt es in einem früheren *Spiegel*-Portrait von 1972. »Sie bewegt sich träge wie eine Somnambule, und die Welt, die sie durchschreitet, liegt lieblos da und sehr verworren«, hatte ein Fritz Rumler geschrieben. Er begann sein Portrait mit der Überschrift »Das Käthchen von Kattowitz« als Anspielung auf ein anderes Käthchen, das von Heilbronn eines Heinrich von Kleist, und er endet mit dem Schlusssatz: »Noch in diesem Monat, just zum Weihnachtstag wird sie 29 Jahre alt«, da merke sie, dass sie in eine andere Jahreszeit eintrete, »und dann sagt sie ganz ernst, als ob sie vierzig wäre: ›Ich merke, dass die Zeit kostbar ist‹.«

Ferien von der Zeit

Inzwischen sind vier weitere Jahrzehnte vergangen, und jetzt ist die Zeit wirklich kostbarer denn je. Jeden Tag fehlen mir ein paar Stunden. Will ich die Zeit zu sehr anreichern? Ach, könnte ich sie anhalten. Sie läuft mir davon!

Ich nehme Ferien von der Zeit. Statt mehr … weniger … fast nichts. Ich schaue auf die nackten Hügel Südmarokkos. Über sie ziehen unmerklich die Wolkenbilder. Im Hof der alten Festung ein Beduinenzelt, jetzt Gästehaus, jetzt Dekoration. Vor dem Schlafengehen unterm Zelt der Sterne einfach nur die Unendlichkeit einatmen. Der frühe Morgen hebt sich in Brautschleiern aus der dunklen Ursuppe der Täler und noch ein paar Steinwürfe weiter weiß ich das brandende Meer. Ich höre mich zu dem Vogel sprechen, der ganz allein laut in die Stille hineinsingt, und später höre ich mich »shukran« – Danke – sagen zu Ibrahim, dem Berber aus dem tiefergelegenen Kaff Mirleft, der mir mit selbstverständlicher Freundlichkeit seinen Computer leiht, denn er müsse nicht jeden Tag skypen mit den anderen aus der Familie, die inzwischen in Frankreich und Holland leben: Nur noch ein paar letzte Termine festknoten, bevor ich eintauche in das Glück des »Egal, wann und wie«, denn: »Alles zu seiner Zeit!« Meine Uhr tickt zwar weiter im Badezimmer, aber ich schaue einfach, wo die Sonne steht. Viermal am Tag singt aus der Ferne der Muezzin, vielleicht nur vom Magnetband, und statt die Hügel rauf und runter bis zum Meer gehe ich im Schwimmbecken hin und her, wie der

Rekonvaleszentin vom Arzt verordnet. Noch weicher fühle ich das warme Wasser, wenn ich die Augen schließe bei diesem Wandern zwischen Erkrankung und Gesundung … oder sei es auch nur, um einige Grade runterzukommen auf der Schmerzskala. Nicht weit von mir schwimmt Lena, die Polin, die mich ein Jahrzehnt lang auf meinen Konzertreisen für die Bühne schön gemacht hat. Auf dieser Reise braucht sie mich nicht mehr schön zu machen. Hier erweist sie mir andere Dienste wie Tragen, Bücken, Holen, Einreiben und auch Vorlesen. Dann kann ich die Augen schließen und ganz Ohr sein. Lena liest sehr gerne vor. Es erinnere sie daran, wie sie ihrer Mutter vorlesen durfte, der Hutmacherin aus Lublin an der polnischen Grenze zur Ukraine. Die machte die Hüte im Akkord oft bis in die Nacht hinein, und oft läuft ihr Kind Lena durch die Straßen bis ins Kolchose-Atelier. Die Sehnsucht treibt ihre Schritte, und im Atelier lässt sie sich auf dem Arbeitstisch nieder und schläft weiter. Ich frage, woraus sie damals der Mutter vorgelesen habe, und sie redet von *Quo Vadis*, dem dicken Klassiker des Polen Henryk Sienkiewicz, der Seite um Seite die Verfolgung der Christen zur Zeit Neros beschreibt, und als ich weiterfrage nach den anderen Büchern, da sagt sie: »Auch aus dem Protokoll der Eichmannprozesse. Lublin war neben dem KZ Majdanek, und unsere Familie machte ihre Sonntagsausflüge an diese Stätte … die Schornsteine anschauen oder die Duschen, aus denen kein Wasser, sondern Gas kam.« Ganz unerwartet sind sie wieder da, die gespenstischen Klopfzeichen aus der Horrorgrube der Nazizeit inmitten der paradiesischen Herberge zu den drei Kamelen im fernen Berberland. Währenddessen fischt Ibrahim mit seinem feinen Netz kleine Unreinheiten aus dem Pool des Gästehauses, tote Blätter, ertrunkene Insekten, einen Schnuller und sonst fast nichts – »vwalu«. Dann fährt Ibrahim heute noch zwanzig Kilometer zu seinen Alten, um ihnen endlich die Wasserpumpe einzurichten, denn mit über achtzig wird es ihnen zu beschwerlich, das Wasser aus dem Dorfbrunnen zu holen. Wohl aber haben sie schon seit langem ihr Handy, auch wenn der Vater den Sohn nie erreichen konnte, weil er die Nullen in der Nummer einfach ignoriert hat: »Die Null ist doch Vwalu, ein Nichts, und das Nichts braucht man doch nicht zu notieren.« Ich frage Ibrahim, der hier alles, aber auch alles in Ordnung bringt, wo er das gelernt habe? Er sagt: Beim Tun … und ein wenig auf der Schule in der Stadt.

Aber ich halte die Stadt nicht aus. Ich bin es, die die Fragen stellt, aber seine Antworten gehen an Lena. Was habe ich nur an mir, das mich von den Leuten trennt, als wäre ich hinter einem unsichtbaren Schleier? Lena sagt: »Es ist der Schleier der Traumfabrik Film.«

Die *Nacht des Orakels* nähert sich dem Ende, und noch immer wird der Ausgang nicht sichtbar aus dem Labyrinth dieses schmalen Romans von Paul Auster. Selten komme ich bis zum Ende eines Romans. Immer schiebt sich die Wirklichkeit meines Lebens zwischen mich und die Fiktion. So auch bei diesem Roman, den ich kurz nach meinem Zusammentreffen mit dem Autor im Jahr 2005 aus Anlass einer Schygulla-Retrospektive in New York schon einmal sehr neugierig angelesen hatte. Aber dann habe ich ihn eben noch vor Ende wieder beiseitegelegt. Doch im zweiten Anlauf geht es über den kritischen Punkt hinaus. Der Autor hat seinen Helden in den atombombensicheren Bunker eines unterirdischen Memorials der Holocaust-Opfer eingeschleust, ohne ihm die Chance zu geben, da je wieder herauszukommen. Er hat nämlich in einem Moment der Geistesabwesenheit seinen Schlüssel draußen vergessen. Diesmal lese ich dank Lena weiter. So kann ich mich auch wirklich überraschen lassen durch den Schluss. Am Ende zerreißt der Autor seine Geschichte als eben aussichtlose Erfindung. Er nimmt sich die Freiheit, dieser Schwärze wieder den Rücken zu kehren. Seine Phantasien könnten Samen streuen für weitere dunkle Wirklichkeiten.

Der frühe Morgen hebt sich in Brautschleiern aus der dunklen Ursuppe der Täler ..., Marokko, 2012

Der verhexte Hexer

R. W. Fassbinder ist gerade mal vierzehn Jahre alt, als er schreibt: »Ich bin der Schnittpunkt a eines Dreiecks. Die beiden Geraden, die sich in mir schneiden, bilden einen stumpfen Winkel, der mir eigentlich viel Ausblick in die Zukunft gewähren sollte, aber meine Zukunft ist sehr unsicher. Kann doch selbst ein kleiner Schuljunge schon, wenn er einen Radiergummi besitzt, meine Zukunft in ein endloses Nichts versetzen. Täglich erwarte ich solch einen Todesstoß, wenn ich auch hoffe, dass man sich meiner erbarmt …«* Wie lange wird er noch, wie er selber sagt, »gefangen in einer mörderischen Pubertät« täglich auf einen Todesstoß warten? Jedenfalls tritt er im Laufe der nächsten Jahre entsprechend heftig die Flucht nach vorn an. Er dreht den Spieß um: der Erschrockene wird zum Bürgerschreck. Keiner wird ihn ausradieren können. Er ist nicht zu übersehen. Er wartet auf kein Wunder der Heilung, sondern will selber Dinge tun, über die man sich noch wundern wird … schreiben und in Szene setzen, Theaterstücke, Hörspiele und Filme über Filme …

Bevor R. W. F. am Drehort erscheint, geht oft ein Raunen durch die Reihen: »Achtung, der Hexer kommt!« Da denkt so manch einer: »Hoffentlich ist er in guter Stimmung, und es gelüstet ihn nicht nach Adrenalin.« Seine traurigen Filme vol-

* Aus: *Betrachtungen eines Schnittpunkts*, 1959, abgedruckt in *Rainer Werner Fassbinder – Werkschau* (Katalog zur gleichnamigen Ausstellung), Argon-Verlag, Berlin 1992, S. 42.

ler Wut, Spott und Utopie sind umstritten, doch in einem scheinen sich alle einig: das grenzt schon an Hexerei, wie dieser Fassbinder sich einen Film nach dem anderen aus dem Ärmel schüttelt und so schnell, dass man mit dem Schauen gar nicht mehr nachkommt. Fast alle hat er sich selbst ausgedacht. Dazu sagt er nur: »Auch unsere ausgedachten Geschichten entstehen aus Erfahrungen, die wir irgendwann gemacht haben.«

Es kann aber auch umgekehrt so kommen, dass die Fiktion, die wir ins Leben rufen, den Lauf der Wirklichkeit vorwegnimmt. Wir schreiben das Jahr 1980. Jetzt drehen wir *Lili Marleen*: Eine kleine Sängerin, durch dieses legendäre Lied zur Diva aufgerückt, spielt so lange Katz und Maus mit der braunen Macht, bis sie auf der schwarzen Liste landet. Statt »Achtung, der Hexer!« heißt es jetzt »Achtung, der Spielleiter kommt!« in Anlehnung an Glanz und Elend der UFA. Auch im Übrigen scheut er sich nicht, diesmal ein Bad im Nazikitsch zu nehmen, will er doch einen Film über die Sucht nach dem Führer und Verführung und das Mitläufertum machen. Gedreht haben wir im alten Reichstag Berlin, noch bevor er, gereinigt vom Faschismus, nach dem Mauerfall mit gläserner Kuppel wieder auferstehen wird. Ich denke an den Bendler-Block und die Hinrichtung der Attentäter vom 20. Juli, darunter auch Heinrich von Lehndorff. Dieser Gedanke liegt mir nahe, denn seit Jahren schon lebe ich Wand an Wand mit Vera von Lehndorff, seiner Tochter, inzwischen weltberühmt als Veruschka, das Model. Ein Stock tiefer lebt Gottliebe von Lehndorff, seine verwitwete Frau. Sie ist die Seele dieser Künstlerkolonie in dem ehemaligen Pfarrhof jenseits des Inns.

Zu diesem paradiesisch anmutenden Ort hatte es mich hingetragen auf der Suche nach alternativem Landleben, und finden werde ich an eben derselben Stelle auch die Narben der Geschichte des deutschen Widerstands. Nun kommt der Tag, da wird in einem holzgetäfelten Saal des alten Reichstags noch einmal ein Foyer der Gestapo eingerichtet. Diesmal entsteht es zum Glück nur für das Phantasieprodukt unseres Megafilms. Die folgende diabolische Szene geht laut Drehbuch so: die Frau, die »Lili Marleen« singt, das Hakenkreuz im Rücken und inzwischen zur Galionsfigur für Propagandaveranstaltungen erhoben, wird mit ihrer heimlichen Liebe, einem Juden, konfrontiert. Sie hatte aus Liebe zu ihm sogar Beweismaterial aus den KZs geschmuggelt. Nun wird sie versuchen, sich nichts anmerken lassen, obwohl sie weiß, dass sie auf der Abschussliste steht.

Die Luft ist zum Schneiden dick – vor und hinter den Kulissen dieser Szene, denn aus Spiel war im Handumdrehen Ernst geworden. Noch taufrisch ist die Szene am Rande des Films, da ist auch Hanna Schygulla bei Rainer Werner Fassbinder auf die Abschussliste geraten. Warum? Ganz unabsichtlich hatte ich eben erfahren, dass ich als Hauptdarstellerin eine geringere Gage erhielt als der Zweitdarsteller Giancarlo Giannini. Daran war zwar jetzt, mitten im Film, auch nichts mehr zu ändern, aber wenigstens wollte ich den Mund aufmachen und fragen dürfen, warum denn ausgerechnet Er, der Regisseur, das für mich beim Produzenten Waldleitner so ausgehandelt hatte. In der Mittagspause scheint die Sonne, und während das Team draußen den Kaffee im Pappbecher nimmt, nehme ich den Rainer leicht beiseite und mache also den

Alter Pfarrhof in Peterskirchen

Mit Veruschka, Vera von Lehndorff, bei Dreharbeiten zu einem Schygulla-Filmportrait von Anne Imbert, 2012, Photo Eric Bouttier

Mit Giancarlo Giannini in *Lili Marleen*, 1981, Filmstill

Mund auf, ganz ruhig, wie ich meine. Er stutzt und weicht aus auf die andere Straßenseite, und auch ich zucke nun zurück, doch bald schon höre ich einen aus der Gefolgschaft aus der Crew sagen: »Was hat er denn? Warum schreit er denn so wie ein verwundeter Hirsch. Man versteht ja gar nicht, was er sagt …« Die restlichen Stunden am Drehort sind pure Qual. Rainer verkehrt mit mir nur noch über seine Assistentin, und ich rede tapfer weiter zu ihm, als gäbe es keinen verhängten Bann. Am darauffolgenden Tag ist plötzlich drehfrei. Der Fassbinder sagt, er sei wegen der Schygulla krank geworden. Wieder nehme ich meinen ganzen Mut zusammen und mache mich abends alleine auf, ihn zu suchen. Wie vermutet, sitzt er mit Gefolgschaft im *Diener*, dem Schauspielerlokal beim Savignyplatz. Mein Herz klopft bis in den Hals, doch dann … ganz à la Maria Braun, der Frau ohne Wenn und Aber und Vielleicht … trete ich vor ihn und sage: »Schlimm sei ja gar nicht, was ich da zur Sprache bringen wollte, schlimm sei, dass man eben nichts zur Sprache bringen darf«, und immer weiter redet es aus mir wie im Traum mit entfesselter Zunge, und es fallen Worte wie Maulkorb und Sklavenhalter unter Mundtoten und Duckmäusern … Ich sehe die entgeisterten Gesichter der Gefolgschaft, drehe mich auf dem Absatz um und gehe.

Immer schon war Rainer Werner Fassbinder der unbestrittene Machtfaktor im Leben seiner Gefolgschaft. Er hat die Schicksale derer, die seinen Weg kreuzten, umgeleitet. Für die meisten, so auch für mich, geht die Fahrt ab in ein aufregenderes Leben als das bisher angesteuerte. Von Anfang an hat er uns um sich gesammelt. Da gab es bald die große Kommune-Villa in Feldkirchen bei München. Ich will dort nicht mit einziehen. Mir genügt es, dort ein- und auszufliegen wie ein Vogel aus einem Käfig mit offener Tür. Ich kann nicht Ja sagen zur Hörigkeit, die er als Liebesbeweis einfordert. An sonnigen Sommersonntagen wird diese Villa mit dem großen Garten plus Swimmingpool zum Partyhaus der offenen Türen für alle, die von der Wildheit des anarchischen Häufleins mit dem übermächtigen Leittier angezogen werden. Mal mischt er sich unters Gelage, mal lässt er den Motor des Sporcabriolets aufheulen, und dann braust er ab. Immer ist der Tiger auf der Jagd nach Futter für seine unersättliche Kreativität. Und auch als es dieses Häuflein als »Gruppe« schon längst nicht mehr gibt, taucht das Käfigmotiv in hypnotischer Regelmäßigkeit auf, um die einzelnen Kapitel von *Berlin Alexanderplatz* einzuleiten, und die Stimme Richard Taubers singt mit dem Schmelz des Gestrigen: »liebe, kleine Nachtigall, wenn der Sommer vergeht … Grüße und tausend Küsse, nimm sie behutsam und fein auf Dein zart Flügelein …«.

So ein zart Flügelein gab es auch zwischen Rainer und mir, und es hielt uns in sicherem Abstand. Kaum dass wir Worte miteinander wechseln, aber die wenigen Worte fallen wie überschwere Münzen auf den Grund des Brunnens und hallen nach. Während der Dreharbeiten zu *Effi Briest* legt er mir den

Arm über die Schulter, nennt mir in schneller Reihenfolge die drei, vier, fünf Filme, die er für mich danach schon im Kopf hat, der Schnellbrüter, wie ihn die Presse gerne nennt, und da rutscht es mir einfach so raus: »Rainer, ich möchte eine Pause.« Sein Arm schreckt zurück von meiner Schulter und der Film spiegelt schon die kommenden Lichtjahre der Distanz zwischen uns. Mitten in der Arbeit an diesem Film fehlt es dann auch noch an allem, um weiterzumachen. So etwas hatte es noch nie gegeben. In der besagten Pause dreht er *Angst essen Seele auf*. Es ist ein Film ganz ohne mich und einer seiner stärksten Filme. Ich sage ihm das mit leuchtenden Augen. Aber sein Blick spielt mir nur Gleichmut zurück. Zu tief war die Verletzung. Als er schließlich nach vier Jahren endlich wieder anruft, weil er einen Stoff habe, den ich ohne Bedenken machen könne, weiß ich nichts davon, dass er zuerst bei Romy Schneider anklopfte, aber zwischen den beiden hat es eben nicht gefunkt. Und selbst wenn ich es gewusst hätte, die Freude über den Neuanfang hätte überwogen. Der Film heißt *Die Ehe der Maria Braun* und handelt von einer Ehe, die als Ideal so sehr über den Niederungen der Wirklichkeit schwebt, dass es sich nie einlösen kann.

Fassbinder wollte mit seinen eigenen Worten ein Haus aus seinen Filmen bauen. *Maria Braun* war der Schlüssel und die Tür zugleich … zur großen Welt. Dabei wollte er diesen Film nur so nebenbei machen. Sein Hauptaugenmerk lag bei *Dispair*, ein Doppelgänger-Stoff von Nabokov, mit Dirk Bogarde in der Rolle eines schizophrenen Schokoladenfabrikanten. Als ich mir bei der Premierenfeier von *Dispair* in Cannes neben Rainer die Buffethappen auf den Teller kippe, legt er mir wieder den Arm um die Schulter und sagt wie in den schönsten unserer vertraulichen Momenten: »Im nächsten Film bist du nicht nur Schauspielerin, sondern wir machen alles zusammen, das Drehbuch, die Regie und … und … da bist du meine Partnerin, und den Film erfinden wir jeden Tag aufs Neue.« Da schlägt mein Herz in wilder Angst-Freude, weil das eingetreten ist, was ich mir, wenn auch nie ausgesprochen, schon von Anfang an gewünscht habe. Ich kann es so schnell kaum fassen, wie es eingetreten ist. Ich denke: Jetzt fängt noch ein zweites Mal etwas Neues an.

Am Anfang ist R. W. F. jedesmal, wenn ihm beim Drehen etwas gelungen ist, herumgehüpft wie ein glückliches Kind. Später hatte er immer mehr den gleichmütigen Raubtierblick eines Imperators, der sich den Luxus erlaubt, seine Phantasmen leibhaftig vor sich auftanzen zu lassen. Zugleich Alleinherrscher und Sklave dieser Besessenheit, die er selbst eine Form von »Geisteskrankheit« nennt, sein Leben auf Umwegen über Filme zu leben, einen Film nach dem anderen zu machen, ohne Pause. Dahinter steht vielleicht auch schon die Langeweile desjenigen, der nur zu gut zu manipulieren versteht und dem es mehr und mehr an Unerwartetem fehlt. Jetzt will er also einen Film ganz anders als sonst machen … und das mit mir! Und ich denke: Es gibt ihn also wieder, den Rainer Werner Fassbinder, der immer schon für Überraschungen sorgte.

Er ist noch klein, erst drei oder vier Jahre alt, und schon ist er wo hinaufgeklettert, wo es absolut verboten ist. Es ist der Altar einer Kirche, und er will sich da auch nicht runterholen lassen … es sei denn, er tut es selber. Das war schon typisch

Rainer! Und auch das war typisch Rainer, als er ein paar Jahre später mitten im Unterricht aufsteht und sagt: »Ich gehe jetzt, mir ist es zu langweilig bei Euch.« Und die Kleine aus derselben Klasse, die eines Tages bei seiner Mutter klingelt, um ihr mit einem artigen Knicks mitzuteilen, »dass der Rainer in Wirklichkeit gar nicht so schlimm ist, wie sie alle sagen«, heißt Marion – wie zehn Jahre später die Heldin seiner ersten Fernsehserie *Acht Stunden sind kein Tag* ... und ich bin es, die diese Marion spielt. Mag sein, jetzt will er also wieder mittendrin in seinen Regiegewohnheiten aufstehen und einfach mal rausgehen, auf neue Freiheiten zu!

So jäh diese Utopie aufleuchtete, so jäh wird sie auch wieder verlöschen. Schon steht mein Koffer mit dem selbstgetrödelten Kleiderfundus bereit und zuoberst einige selbstgemachte Zeichnungen und Anagramme zur Einstimmung auf die Künstlerin Unica Zürn auf ihrer Gratwanderung am Rande des Wahnsinns ...*, da klingelt das Telefon. Es wird mir mitgeteilt, dass Fassbinder den Film jetzt nicht machen kann, weil sich Armin Meier, sein langjähriger Gefährte, nach einem Abschiedsbrief von Rainer umgebracht hat. Und später kann er ihn auch nicht mehr machen, denn immer schneller wird sich die Spirale drehen in den vier Jahren Lebenszeit, die ihm noch verbleiben. Da gibt es kein Einhalten mehr – und keine Zeit mehr zu verlieren. Die Netze des Magiers werden ausgewor-

* Unica Zürn, geb. 1916 in Berlin, gest. 1970 in Paris, war Schriftstellerin, Zeichnerin und langjährige Lebensgefährtin des in Paris lebenden deutschen Künstlers Hans Bellmer. Ihr schmales, stark autobiographisches literarisches Werk – Prosastücke, Gedichte, Erzählungen, Anagramme – stehen u. a. unter dem Einfluss des Pariser Surrealistenkreises, in dem sie verkehrte. Anfang der 60er Jahre machten sich die ersten Anzeichen einer Schizophrenie bemerkbar. Die folgenden Jahre bis zu ihrem Suizid 1970 verbrachte sie meist in psychiatrischen Kliniken.

fen und eingefahren in Rekordzeit: *Ein Jahr mit dreizehn Monden* und die dreizehn Folgen von *Berlin Alexanderplatz* und *Lili Marleen* und *Lola* und *Veronika Voss* und zuletzt noch die Liebestode des mordenden Matrosen *Querelle* … und dann, kaum war dieser Film beendet, kam Bruder Tod, »um ihn selbst zum Abendbrot zu essen«.

Man hat seinen Körper früh morgens vor dem leer flackernden Fernsehschirm gefunden, von den Werkzeugen seiner Arbeit umgeben, Blättern, Stiften, angefangenen Drehbüchern. Er hat zuletzt an mehreren Projekten gleichzeitig gearbeitet. Es war am 10. Juni 1982.

Für mich war dieser Tag ein Drehtag wie viele andere. Der Regisseur heißt nicht Rainer Werner Fassbinder, sondern Carlos Saura. »Die Schygulla geht fremd«, steht in der Zeitung. Ich bin vom deutschen ins europäische Kino gerutscht. Mit Scola ging's los … dann Godard … jetzt Saura … dann Ferreri und Wajda.

Den Rainer Werner habe ich seit fast zwei Jahren nicht mehr gesehen. Diesmal geht die Pause von ihm aus nach jenem Streit, der sich als Streit nicht einmal richtig ausleben konnte. Natürlich gibt es auch noch andere, die bei ihm gut sind. Er hat den Touch. Was er anfasst, entwickelt Talent … Trotzdem, ein paar Wochen ist es her nach so langer Funkstille, da suchte er wieder den Draht zu mir. »Sie werden es schwer haben, sie ist in Mexiko zu den Pyramiden unterwegs«, sagt meine Mutter. »Wenn ich sie finden will, dann finde ich sie auch«, sagt R. W. F. und findet mich doch nicht. Immerhin: Zur selben Zeit, da er mich sucht, stoße ich mit der Nase auf ein altes Bild von uns beiden in einer mexikanischen Zeitung. Ich habe den

Drang, es ihm zu schicken; denn es ist so, wie ich uns sehen möchte: wir gehen Arm in Arm. Aber ich verpasse die Gelegenheit.

Immer denke ich: und wenn nicht heute, dann morgen – das hat alles noch Zeit. Vor allem denke ich so, seit ich es Schwarz auf Weiß gelesen habe, es sei ihm bei unseren ersten Begegnungen noch auf der Schule »von einer Sekunde auf die andere wie von einem Blitz getroffen glasklar gewesen, dass die Schygulla einmal der Star meiner Filme sein würde … ein wesentlicher Eckpfeiler, vielleicht gar so etwas wie ein Motor«. Gesagt hat er es mir nie. Auch hierfür brauchte es einen jahrelangen Umweg über das geschriebene Wort. Aber auch ich habe es ihn wohl nicht genügend wissen lassen, dass ich es von Anfang an gespürt habe, dass wir füreinander bestimmt waren, ohne dass wir allzu viel gemein hatten, weder Spaß an denselben Veranstaltungen noch dieselben Ansichten, außer vielleicht einer tiefen Vorliebe fürs Labyrinth der Widersprüche … aber all das, ohne dass wir wirklich darüber gesprochen hätten, weder über das Gemeinsame noch über das Trennende. Ich kann mich nicht erinnern, R. W. F. jemals danach gefragt zu haben, warum denn die Liebe »kälter ist als der Tod«, wo doch für mich die Liebe eher das Gegenteil ist, eben jene Art von Wärme, die uns erlöst vom Irrgang über eine kalte Welt. Aber vielleicht haben wir beide, was unsere seltsame Beziehung angeht, es auch nicht anders gemacht als Maria Braun. So lange wird die Erfüllung des großen Entwurfs auf morgen verschoben, bis es zu spät ist. Die Wirklichkeit ist weit abgefallen vom Ideal. Das Innerste hat sich unberührbar bewahrt für etwas, das so nie stattfinden konnte. Wieder kommt mir das denkwürdigste der höchst seltenen Gespräche zwischen uns in den Sinn, als ich ihn frage, warum er die Geschichte der Maria Braun in ein tödliches Ende treibe. »Warum schenkst Du ihr keinen Neubeginn. Lass sie wieder bei null anfangen!« Er winkte nur ab – wenn man zu weit geht, gibt es kein Zurück mehr …

Wir gehen Arm in Arm …, mit Fassbinder auf der Filmbiennale in Venedig, 1980, Photo Bruna Bertani

10. Juni 1982. Ich denke sehr wohl an den Tod, als Darstellerin sozusagen, denn gleich ist es so weit: Die nächste Szene in *Antonieta*, dem Film von Carlos Saura, kann gedreht werden. In dieser Szene soll ich einen Satz in die Schreibmaschine hämmern, denn die Frau – so will es die Rolle – schreibt ein Buch über Selbstmord. Ein Dekorateur bittet mich noch rasch, selbst zu entscheiden, wie es um meinen Schreibtisch herum aussehen soll. Ich hefte also ein paar Photos von berühmten Toten, die sich wissentlich oder unwissentlich selbst umgebracht haben, an die Wand. Im Hintergrund laufen Nachrichten über ein Radio, oder ist es ein Fernseher? Ich höre gar nicht richtig hin. Plötzlich springt jemand auf und sagt: »Fassbinder est mort!« Ich höre mich monoton und wie blöde sagen: »Ah non … non … non – ce n'est pas vrai« – und weiß doch, dass es wahr ist.

Die Friedhofshalle ist schwarz von Menschen. Er hat sie alle irgendwann einmal zum Einsatz gebracht. So eine Totenfeier hat die Halle noch nicht gesehen: Disco-Time à la R. W. F. Eine nach der anderen seiner Musiken kommen von Band … vom *Sehnsuchtswalzer* bis *Freedom's just another word for nothing left to lose*, von *Süße kleine Nachtigall* bis *Radio-ak-ti-vität* und *Each man kills the thing he loves*.

»Wenn jemand Angst vor der Bombe hat, dann muss er sich immer nur in meiner Nähe halten. Ich hab' so viel Energie. Ich kann gar nicht sterben«, sagt Rainer Werner Fassbinder am Vortag seines Todes.

Jetzt steht sein Sarg da vorne. Der Sarg ist leer, heißt es … Gerichtsmediziner untersuchen noch immer an ihm herum, ob es nun mehr von diesen Tabletten oder jenem Pulver war.

Dabei ist alles schon wie vorgedruckt gewesen: »Herr Fassbinder, Sie möchten demnächst den Roman *Kokain* verfilmen. Was halten Sie von Drogen?« »Drogen verkürzen und intensivieren das Leben. Da mag nun jeder für sich entscheiden, ob er lieber länger und genormter oder kürzer und intensiver leben will.«

Keiner weiß, was er bei diesem Abschied für Worte machen soll. »Bitte sag' du etwas«, kommt ein beschwörender Anruf am Vorabend der makabren Zeremonie. Ich stehe auf und klammere mich an einen kleinen Zettel, auf dem ein paar bange Fragen stehen:

Und jetzt? Wer holt das jetzt alles aus uns heraus? Wer wird uns jetzt solche Geschichten erzählen? Wer kann so ein Kraftfeld aufbauen und zusammenhalten? Wer wird jetzt die Unruhe hineinbringen? Wer sorgt jetzt für das Ärgernis? Wer gibt jetzt die treibende Kraft?

»Das Herz des deutschen Films hat aufgehört zu schlagen«,

heißt es in den Nachrufen. Zu Lebzeiten wusste man nicht immer so genau, was man an ihm hatte. 1983, ein Jahr nach seinem Tod, gibt es in Cannes keinen offiziellen deutschen Beitrag mehr. Es fehlt der Pulsgeber und Schrittmacher, der immer schon mit einem Film den anderen voraus ist.

Mich gibt es 1983 in Cannes allerdings im italienischen Kino. Ich habe überlebt, auch im Film, und mehr als das: ich komme mit der Goldenen Palme nach Hause, hocherfreut zwar, aber immer noch tief geschockt, dass es den nicht mehr geben soll, der für mich Film war – Rainer Werner Fassbinder.

Liebesfreud und Liebesleid

Die kalte Frühlingsluft an der Place des Vosges ist voller Kinderküsse. Ein kleiner Junge wühlt sich aus den Armen der Mutter, rennt weg von ihr, einmal im Kreis um die Sandkastenarena und wieder hinein in die Arme, und beide lachen, und wieder raus aus ihren Armen und rund herum im Kreis, und wieder in die Arme, bis ihn das Jagdfieber packt und er mit Urschreien die Tauben aufscheucht. Aber das Mädchen, ein Kopf größer als er, das still am Rand Sandkuchen auftürmt, hat sich nicht beeindrucken lassen, und als der Kleine atemlos ihre Nähe sucht und seine Hand durch den Sand kreisend auf sie zubewegt, zieht sie ihre Hand zurück. Daraufhin schwenkt er auf die zweite Eva im Sandkasten um, die jetzt aber um einen Kopf kleiner ist als er und mit noch schwankenden Beinen auf ihn zurudert. Die nimmt er unter seine Fittiche und schleppt sie ab, und sie quiekt vor Vergnügen. Als er die süße Last versehentlich zu Fall bringt, endet mit Heulen, was jubelnd begann. Kinderlieben sind heiß.

Als ich meine Kinderfreundin Carla zum ersten Mal alleine besuche, wartet in der Pilgersheimerstraße vor dem Hintereingang zu ihrer Wohnung ein Schäferhund, den ich angewurzelt im Sicherheitsabstand fixiere. Doch dann gehe ich auf den Eingang zu und der Hund auf mich und schließlich beißt er mich in mein angespanntes Zwerchfell, nur gerade so viel, dass ich es vor Schreck lockerlasse. Die Druckspuren seiner

Zähne in meinem Bauch werde ich herzeigen wie eine Siegestrophäe der Sehnsucht über die Angst.

Ich war eine Knospe von dreizehn, da war in meiner Schulklasse eine, die schon voll aufgeblüht war. Für manche war sie schon zu voll, aber für mich war sie die Schönste von uns allen, meine schöne Freundin Brigitte, und unsere Sommer waren auch vollreif, gespiegelt in der Reife ihrer großen Züge. Besonders ihr Lachen war groß und alles Kleinliche darin wie ausgeblendet. Als ich sie im Krankenhaus besuche, bringe ich einen Strauß wilder Blumen vom Wegrand, zur Erinnerung an unsere Ausflüge auf surrenden Rädern zu glitzernden Seen. Auch ein bisschen Korn steckt im Strauß in Anspielung auf den Fuchs, der zum kleinen Prinzen sagt: »und wenn du gehst und ich weine, so habe ich doch durch dich die Farbe des Korns gewonnen, denn deine Haare sind weizenblond.« Ihre Mutter kommt und sie breitet über das Bett das neue duftige rote Kleid, mit dem sie aus dem Krankenhaus leuchtend wie eine Mohnblume in den Spätsommer eintreten wird … doch dieses Kleid kann sie nicht mehr tragen, denn ihr Stern verlöscht. Ich bin gerade dabei, die Treppen im Stiegenhaus zu wischen wie jeden zweiten Freitag im Monat. Mein Körper glüht noch nach von der heißen Sonne des Tages, da kommt das Telegramm mit dem schwarzen Rand und zittert in meinen nassen Händen. Nachts träume ich, dass sie wiederkommt, und ich darf nur ganz seicht atmen, damit sie ja nicht merkt, dass sie tot ist, und bei uns bleibt. Doch bei Tag kann ich mich lange nicht daran gewöhnen, dass sie nie wiederkommen wird, auch wenn da auf ihrem Grabstein steht: »Zur frühen Vollendung erwählt.« Sie hatte sehr wohl schon Liebesleid und Liebesfreud erfahren. Ich war noch unempfindlich für den Reiz männlicher Wesen. Der erste Zungenkuss im Keller der Nymphenburgerstr. 67 war mir zu nass, damit wollte ich lieber noch warten.

Aber dann habe ich doch noch im Nymphenalter dem Vater einer Schulfreundin den Kopf verdreht. Der Mann wusste selbst nicht, wie ihm geschah, und einmal nimmt er mich beim leise rieselnden Schnee hoch und dreht sich mit mir, in seinen Armen, so lange hinein in das unberührte Weiß des englischen Gartens, bis uns beiden Hören und Sehen vergeht. Aber lange wird es nicht dauern, das überheizte Glück in der Nussschale des Volkswagens, weil an der nächsten Ecke schon ein Anderer steht.

Der Andere ist »nur« sieben Jahre älter als ich und heißt Achim und ist Balte und hat ein »von« vor dem Namen. Er wohnt zur Untermiete an einer Rehwiese und schreibt Gedichte und gibt Nachhilfeunterricht in Latein, nein, nicht mir, ich bin gut genug in der Schule, wenn auch »von wechselhafter Aufmerksamkeit«. Mir bringt er Hölderlin und Trakl bei und Tiepolo und Piero della Francesca und Arte-misia Gentileschi. Wie so oft, wenn er mich von der Schule abholt, fahren wir in den Nymphenburger Schlosspark, und schließlich fahren wir per Autostop auch noch weiter, bis in die Toscana und nach Venedig und Rom, die blechernen Eheringe von Woolworth am Finger, um auch in Bella Italia das Bett teilen zu dürfen, und dort gibt es noch viel mehr von diesen herrlich hochherrschaftlichen Gartenanlagen, in denen das Gehen zum Wandeln wird. Er schreibt dann von »Wiesen meerseliger Weiten … wo Gräser auferstehn«, und den Strahl der Sonne auf den Treppen der verlassenen Villa d'Este verdichtet er zum »Tanz im Auge des Fauns«. Aber »so gut wir uns auch sind«, seine Nostalgie nach der Feudalzeit fällt bei mir auf sandigen Boden. Ich bin von Haus aus auf der Seite des Küchenmädchens, das weiß, wo die echte Nachtigall steckt, die mit ihrem Gesang den kranken Kaiser von seiner Sucht nach dem Kunstvogel heilt. Und sind wir beide denn nicht auch der beste Beweis dafür, dass das Oben auch das Unten braucht und das Unten sein Oben? Wenn wir uns so vertraulich in den Armen liegen, vergesse ich den kalten Krieg zwischen meinen Eltern und er seine todtraurige Mutter, die auch ihr kleiner Achim nicht davon abhalten konnte, sich das Leben zu nehmen. Wir machen es uns schön in den drei Jahren, die uns gehören, und so gelingt es uns, ein Stück nicht eingelöster Kindheit aufzuholen.

Dann fahre ich »au pair« nach Paris, und dort wird ein anderer seinen Platz einnehmen. Er ist spanischer Abstammung, aber die Sprache zwischen uns ist Französisch, und auch weil wir keine gemeinsame Bleibe haben, gehen wir sehr oft ins Kino, die ersten Filme der Nouvelle Vague, aber auch die Klassiker, die ich zu der Zeit in Deutschland nie zu sehen bekam ... Buñuel ... Pabst ... die Marx Brothers ... Louise Brooks. Ich habe noch keine Ahnung, dass ich auch einmal dort oben auf der Leinwand herumgeistern und meine Existenz verdoppeln könnte. Auf unserer Reise zur wilden Küste der Bretagne schreibe ich in Ploumanach mein erstes Gedicht auf Französisch, als er noch mit seinen Freunden zusammensitzt, während ich im Zimmer auf ihn warte. Wir sind miteinander nicht die Gesprächigsten. Man kann das Zusammensein auch anders genießen, und kein Bett ist zu eng. Schön ist es auch, das Gesicht des Luis Perez-Vidal still aus der Nähe zu betrachten, denn so wie er an mir das Blonde liebe ich an ihm das Dunkle.

Einmal wird er sagen: »Den Du heiraten wirst, werde ich sein, hoffe ich doch.« Aber ich werde nicht heiraten, und ihn treibt es immer höher in den Norden, bis nach Schweden. Viele Jahre vergehen, da klagt mir seine Mutter, sie mache sich Sorgen um ihren Luisito, und plötzlich stirbt er, unerwartet besonders für seine Töchter, die mich aus Schweden anschreiben, um vielleicht durch mich mehr über das Rätsel ihres Vater zu erfahren.

Wieder zurück in München fange ich ein Studium an. Auf der Damentoilette der ehrwürdigen Maximiliansuniversität sehe ich im Spiegel eine andere, die dasselbe ausgefallene Kleid anhat wie ich. Da müssen wir beide lachen und kommen ins Gespräch, und von da an haben wir uns jeden Tag so viel zu erzählen, dass wir uns immer wieder zwingen müssen, die Vorlesung nicht zu schwänzen, sondern dranzubleiben am intellektuellen Leistungstraining. Zu zweit macht es zwar mehr Spaß, aber natürlich nicht so viel wie all das, wo die Erotik mit im Spiel ist, auch die zwischen uns. Das Schöne daran ist, dass wir weiter über alles miteinander reden können, das Flirten und unsere Liebschaften und Hoffnungen und Sehnsüchte. Nur über eines wird sie mit mir nicht reden, diese mir so vertraute Petra, dass sie behütet aufwuchs am Rande eines Konzentrationslagers, weil ihr Vater dort das Kommando hatte … zu tief war das Trauma.

Wir hingegen, »die danach …«, dürfen leben und jung sein und Grenzen einreißen und vom neuen Menschen träumen, der nicht mehr vereinzelt in der Litanei vom »mein, mein, mein« steckenbleibt, sondern »wir« sagen möchte, und wir dürfen auch überschwappen mit immer vollen Gläsern und über den Rauch gewisser Gräser ins Zeitlose abfliegen. Ich bin auf einer Party in einer Schwabinger Villa in München. Da tanze ich zuerst so für mich, doch dann auch für den Mann mit dem bärtigen Jupiterschädel, der mir dabei zuschaut, wie ich den Kopf verliere und bald darauf auch mein Herz an ihn, den italienischen Maler, der auf mich so stark und faszinierend unabhängig wirkt, bis ich mich vom Gegenteil überzeugen muss. Er nennt sich Luis del Pizzo. Seine Vorfahren kamen aus dem Landstrich des Pizzo in der Nähe von Genua. Seinen eigentlichen Namen Mazaroli hat er abgelegt. Zu oft haben sie ihn in Schottland als den Sohn verarmter italienischer Immigranten »Makaroni« genannt. Sein Bart verbirgt nur zu gut seine Verletzlichkeit. Das sehe ich aber erst, als er ab ist. Er ist ein Meister im Geschichtenerzählen, das gefällt mir und auch das Wetterleuchten seiner Witzigkeit. Männer, die mich zum Lachen bringen, haben gleich einen Stein bei mir im Brett. Später war es dann gar nicht mehr lustig mit ihm. Dabei hätte ich es gleich merken können. Als ich im Schwabinger Werneckhof den zweiten Gang bestelle, denn ich meine, wir wollen das Fest unserer neuen Liebe reichlich feiern, da wird mich sein richtender Blick zur Säule erstarren lassen. Nein, das geht nicht! Das ist Völlerei, eine der sieben Todsünden! Wer in der Liebe den anderen als Erstes umerziehen möchte, verfehlt die Liebe. Er wollte Leuchtturm sein und war doch selber ein Schiff in Not.

Leider achten wir nicht genügend auf die Anfänge. Seitdem frage ich Paare gerne, mit welchen ersten Worten und Gesten und Phantasien eben jene Paarung zustande kam … ganz am Anfang, als wir glaubten, noch nichts zu wissen, und doch im Nachhinein merken, dass wir es von vornherein schon wussten … Aber dann wird einer kommen, der wirklich all das hält, was er zu sein verspricht, und noch mehr: Jean-Claude Carrière. Seinetwegen verlasse ich die Oase Peterskirchen und ziehe nach Paris. Jahre hat es gedauert, bis ich endlich wieder bereit war für den nächsten Mann. Der vorausgegangene Herrscher, dem ich zuerst willig folgte, hatte in mir die Alarmglocken Sturm läuten lassen.

Doch noch vor Jean-Claude trifft mich Amors Pfeil dort, wo ich es gar nicht erwartete. Helmut Newton hat den Auftrag, für das Magazin der *Zeit* den Neuen Deutschen Film zu photographieren. Ich denke, wieder einer, der der Frau ein paar Ketten anlegen oder einen Sattel auflegen will oder Fuß oder Nacken der Schönen in Gips stilllegt. Schon ruft er an, und ich frage: Was erwarten Sie von mir? Und er: Ich bin nur dabei, ganz Ihr Diener. Und ich denke: Schlawiner, und sagen tue ich: Ich bin mehrere Personen, einige davon werden Sie gar nicht interessieren. Und er sagt: Vielleicht gerade doch. Ich habe es noch im Ohr, das Clackclackclack der Kameras auf der Promotion-Tour für *Maria Braun* in New York vor ein paar Monaten. Als es drüben heißt, »a German underground-star is shot into international success«, und weil man eventuell »greatness« wittert, bekomme ich Photosessions mit Starphotographen. Da mich das alles so schwindelerregend unerwartet trifft, habe ich bei den Photos diesen Lachreiz, bei Irving Penn und auch bei Avedon, als er mich 1980 für die *Vogue* ablichtet, auch weil ich dabei an meine Mutter denke, die mich gerne so elegant gesehen hätte, wie sie es in ihrer Jugend selber war, und die nicht verstehen konnte, warum ich jetzt nicht endlich »wie ein Star« durch die Welt schreite. Und siehe da: Jetzt war ich plötzlich *hot stuff*, sogar in dieser Hochglanzwelt.

Mit Helmut Newton verabreden wir uns im Studiogelände der Bavaria München. *Lili Marleen* ist eben abgedreht, aber die Kostüme sind noch dort und etliche Dekorationsteile. Auf dem Weg zu Halle 7 sage ich: Ich habe Sie mir ganz anders vorgestellt, mehr in Richtung Windhund. Und er sagt: Ich habe Sie mir auch anders vorgestellt, mehr in Richtung hysterische Schauspielerin. Dann möchte er das Tüllkleid, aber ohne alles ... Ich sage: Nein, so eine »Sexbombe« bin ich doch gar nicht. Dann möchte er ganz dunkle Fingernägel. Ich sage: Nein, das ist so leichenhaft. Er sagt: Ich mag das. Und ich sage: Machen wir es so, dass wir es beide mögen, und dann geht's los, aber ihm viel zu schnell: Don't move darling! und: Gib mir jetzt noch das Lachen der Straßengöre. Schließlich gebe ich ihm gerne noch mehr Lachen und Lächeln und Blicke, diesem Charmeur, mit dem es sich schön flirtet, denn was mir da entgegenkommt, ist, ganz im Gegensatz zu seinen Bildern, eine unerwartete Ladung von Wärme und Gefühl und Humor. Nach getaner Arbeit gehen wir zu dritt essen, denn wie immer, wenn es um Film und Fassbinder geht, ist Anni mit dabei, um zu schminken und zu frisieren, und wenn sie ihre Kunst an mir vollbracht hat, sagen wir im Chor: »So, jetzt ist es fertig, *unser* Gesicht.« Viele halten uns für Schwestern, weil wir so aufeinander eingestimmt sind. Als Herr Newton dann seinen Schreibstift rauszieht und meinen Arm tätowiert mit »I love you«, da bekommt auch Anni glänzende Augen, und unser Photograph findet so viel Gleichklang phantastisch und bannt uns auf die Linse – in *snapshots* und ganz ohne Drang nach Perfektion und diesmal auch ohne sein »don't move«. Beim Auseinandergehen sage ich noch: »Lassen Sie mich bitte wis-

Helmut Newton im Englischen Garten,
München 1980, Photo Hanna Schygulla

sen, ob das Ganze ein Fehltritt in die Unschärfe war«, und er lässt mich wissen, dass das Ergebnis wunderbar ist, nur er habe jetzt einen Buckel wie der Glöckner von Notre-Dame und seine Augen fielen aus dem Kopf … und ich sage: »So mag ich Sie«, und er lacht und nennt mich sein blondes Gift und möchte noch mehr davon, und dann sagt er sehr ernst, aber es gibt doch nur eine Frau in meinem Leben, meine Frau June, und jetzt möchte ich Dich trotzdem unbedingt wiedersehen, und er wird in wilden Buchstaben wilde Briefe schreiben, randvoll mit Gefühl und Ironie, und dann wird er mich auch wiedersehen … mit June … und wir mögen uns, June und ich. Wenn wir zu dritt ausgehen, *we have a truly good time.*

Ende 1981 wird *Lili Marleen* in Paris anlaufen. Bei dieser Gelegenheit gehen wir weiterhin zu dritt aus und Helmut posiert auf einem Polaroid vor einer Litfaßsäule mit dem Filmplakat, und rundherum schreibt er mit genial jüdisch schwarzem Humor: Das blonde Gift ist in Paris. Jawohl, die Deutschen sind da. Die Faust ans Koppelschloss! Führer, befehle!

Dann aber, noch vor meinem Abflug zurück nach München, führe ich ein zukunftsträchtiges Telefonat. Ich rufe denjenigen an, der für mich als Drehbuchautor die Rollen in den nächsten zwei Filmen vorbereitet, den mit Volker Schlöndorff (*Die Fälschung*) und den mit Jean-Luc Godard (*Passion*). Ich fasse mich kurz: »Lieber Jean-Claude Carrière, noch bin ich für ein paar Stunden in Paris. Möchten Sie nicht diejenige, für die Sie jetzt Rollen schreiben, auch live kennenlernen?« Von dem Photo im Filmkatalog, das mir so heftig ins Auge sprang, habe ich natürlich nichts erwähnt. Ich bekomme Audienz und finde meine Vorahnung bestätigt. Als ich die Limousine vom Filmverleih, die vor seiner Haustür wartet, wieder besteige, sitzt er bereits neben mir, denn er habe denselben Weg, und als ich ihn absetze an der Porte Maillot, versinken unsere Blicke vielsagend ineinander, und die Freundin, mit der er verabredet ist, wird ihn fragen: Was ist los mit Dir? Dir stehen ja die Haare zu Berge! Weil wir uns der Sache sicher sind, können auch Tage verstreichen, ohne sich nochmal zu vergewissern.

Dann wird Jean-Luc Godard die Hauptdarsteller seines Films in die Schweiz bestellen, um zusammen mit dem Drehbuchautor zu improvisieren. Bevor Godard auftaucht, spielen wir Schauspieler auf der Hotelterrasse am Genfer See Pingpong, und während ich den Ball in die Büsche schmettere, schreibt Carrière, der zuschauend dabeisitzt, mit der ihm eigenen Leichtigkeit trotz aller erdig sinnlichen Schwere schon die ersten Dialoge, die gekonnt, aber an einer Stelle immer total überraschend wie im Pingpong hin- und hergehen könnten. Er hat Übung. Er hat bei Tati und Buñuel und Louis Malle und Milos Forman gelernt und sie wohl auch bei ihm, denn bei einer solchen Fülle an Kreativität braucht man nur beide Hände aufzuhalten, wenn der Strahl fließt. Nach der Probe gehen wir zusammen auf die Zimmer, jeder in seins. Doch als er nach einer

Weile an meine Tür klopft, öffne ich mit den Worten: »Gut, dass Du den ersten Schritt tust, sonst hätte ich Dich holen müssen, denn mir fehlt hier etwas, womit ich die Flasche öffnen kann.« Schon im nächsten Moment war die Flasche nebensächlich geworden … Am nächsten Morgen scheiden sich unsere Wege am damals noch so kleinen Flughafen, war es Lausanne oder Genf, jedenfalls gab es genug Rasen vor der Abflughalle, um sich dort Körper an Körper einfach hinzulegen in der kurzen Ewigkeit bis zum Abflug, einer letzten Trennung, nach der nichts mehr so sein wird wie zuvor.

Er, der wortgewaltige Schriftsteller, schickt mir einen Brief, der nur aus einem kleinen, dutzende Male wiederholten Satz besteht: tu me plais, du gefällst mir, du gefällst mir, du gefällst mir … Nach seinem nächsten Interview mit der Standardfrage: Was haben Sie für Projekte in nächster Zeit, Herr Carrière? schickt er mir einfach nur eine Zeichnung, sein Selbstportrait mit meinem aufgeklebten Konterfei auf der Stirn. Bald finde ich unser Liebesnest in Paris, hoch oben auf dem Montmartre. Und jedesmal wenn wir essen gehen, zeichnet er mit schneller Hand und unerschöpflichem Humor den Stand der Dinge auf die Papierserviette – natürlich kann ich diese Graffiti nicht einfach liegen lassen, wie er es wohl getan hätte … Wie fühlt man sich, wenn man so reich beschenkt wird? Wie kann man das überhaupt aushalten?

Mit Jean-Claude Carrière auf dem Rasen vor der Abflughalle, 1981

Jean-Claude Carrières Selbstportrait mit meinem aufgeklebten Konterfei auf der Stirn …

Und was kann ich ihm denn auf die Dauer geben? Aber er sagt nur: »J'aime te voir vivre.« – Er schaue mir einfach gern beim Leben zu. Kann er mir nicht direkt zuschauen, weil ich fern von ihm für Ferreri oder Wajda oder Saura an einem Drehort stehe oder sei es, dass er fern von mir für Oshima oder Peter Brook schreibt, dann scheint es ihm, als ob ich manchmal ins Zimmer trete, »wenn auch viel zu kurz« … und auf seinem Schreibtisch zittert mein Bild ein wenig im Wind. Den Jüngling Jean-Claude haben einst großzügige Huren mit Vergnügen in die Künste des Eros eingeweiht, und auch sonst hat es ihm nicht an Gelegenheiten gefehlt. Vielleicht kommt es daher, dass ich, wenn ich nachts träume, an einem Marktstand mit vollreifem Obst und Gemüse Schlange stehe, vor mir eine mütterliche Nutte und am Straßenrand wartet ein Mann in feuerrotem Pullover: Jean-Claude Carrière.

Das Kind, das ich von ihm möchte, will er aber nicht, nicht am Anfang und nicht in der Mitte und nicht gegen Ende unserer dreizehn Jahre. Er hat schon eine große Tochter, und er sieht sehr wohl, dass ich dann nur noch das Kind sehen würde und nichts anderes, nicht einmal ihn. Einmal widmet er mir ein ganzes Paket von Schüttelreimen, die sich um das Wort »nach« scharen, und sie enden mit: nach der Blume die Frucht, nach dem Tag die Nacht, nach dem Nein das Ja … und nach Dir keine andere …

Doch darin irrt er sich, auch wenn er gerne sagt: Wir begreifen die Wirklichkeit durch die Phantasie. Als ich die Hälfte meiner Zeit meinen Eltern schenke, weil sie nicht mehr alleine zurechtkommen, hat er Zeit und Gelegenheit, eine andere zu treffen, die den Vorzug hat, immer da zu sein, und wer weiß welch andere Vorzüge noch dazu. Während er mir die bittere Wahrheit einträufelt, ist mein Kopf gerade an seine Brust gelehnt, und er braucht mir nicht in die Augen zu schauen. Ich erhebe mich wie im Schlaf und bitte ihn, nun mit dem Rücken zu ihm, möglichst gleich zu gehen, denn ich müsse das jetzt … und weil mir das Wort schlucken nicht einfällt, sage ich: essen. Natürlich habe ich schwer daran zu kauen, ob lange oder kurz, weiß ich nicht mehr, weil ich wohl außer mir bin und auch wie neben mir stehe. Die Postkarte mit dem großen Auge, aus dem Wasser quillt, kaufe ich mehrmals und schicke sie ihm in Abständen ohne Kommentar. Vielleicht erinnert es ihn auch an jenes bayerische Rinnsal mit dem Namen Ur, den Anfang eines mächtigen Baches, dem ich barfuß mit gesenktem Kopf eine Weile folgte, während er hinter mir ging und das Gefühl hatte, »etwas Heiligem nahe zu sein, sehr einfach und alltäglich und ohne Rauschen, das die Wohltaten, die es verbreitet, verbirgt«. Als letzte Karte bekommt er das Auge mit der Kunstträne von Man Ray.

Jahre vergehen, bis wir uns wegen eines gemeinsamen Projekts wiedersehen. Da eröffnet er mir, dass seine kurdisch-iranische Prinzessin Nahol demnächst ihr und sein Kind bekommt. Ich höre und staune, und jetzt habe ich die Wahl, in ein Riesenloch zu fallen, aus dem ich bitter auftauchen werde oder …? Doch schneller als ich denken kann, höre ich mich sagen: »Dann lass mich die andere, die Patenmutter sein.«

Er freut sich, befreit von Schuld und schon im Vorgefühl einer wieder möglichen, wenn auch ganz anderen Nähe. Und sie, Nahol, gibt sich vielleicht Mühe, sich zu freuen, aber als ich merke, es bleibt Getue, ziehe ich Leine, obwohl die Kleine mich auch schon ein wenig liebt. Schweigend spreche ich für mich den Gedanken aus, es einfach dabei zu belassen. Da dreht sich die Kleine, schon aus der Tür trippelnd, noch einmal um und gibt mir den ersten Kinderkuss, ganz frei aus sich heraus. Als ich schließlich gehe, weint sie zum ersten Mal so lautstark und total wie Kinder eben weinen. Es sollte auch das letzte Mal sein.

»Je voudrais être toi!«, gezeichnetes Selbstportrait von Jean-Claude Carrière als Hanna Schygulla in der Rolle der Maria Braun

Doch so schwer dieser Abschied auch fällt, es wird alles leichter, sobald ich nach Hause komme. Denn da steht sie, Alicia, mit offenen Armen, und wir freuen uns wie immer, uns wiederzusehen, und schon lösen sich die eisernen Bande ums Herz. Vielleicht hat sie sich ja wieder einen neuen deutschen Satz angeeignet, so zum Dahinschmelzen komisch wie der, den sie mir einmal auf einem Zettel in die Hand drückt: »Hast Du etwas Zeit für mich, dann singe ich ein Lied für Dich.«* Woraufhin sie verschwindet und mit Schirm und Melone wiederkommt. Das Playback hat sie auch eingeschaltet: Edith Piaf und Théo Sarapo mit »À quoi ça sert l'amour? / wozu ist denn

* Zufällig auch die Anfangszeilen von Nenas *99 Luftballons*.

die Liebe gut?« Strahlend singt sie sich auswendig durch alle Strophen bis zum Ende des Refrains, der nichts anderes sagt als … die Liebe sei eben gut für die Freude! Dazu lässt sie à la Liza Minnelli in *Cabaret* den Stock schwingen und das Bein, und schließlich wirft sie mir den Hut zu, und ich klatsche vor Vergnügen, weil sie so umwerfend komisch und berührend zugleich ist und auch weil sie allzeit bereit ist, für mich die schwere Sprache des Französischen neu dazuzulernen in ihren doch schon späten Jahren. Sie ist zu dieser Zeit knapp siebzig Jahre »jung« und hat immer noch den ungebrochenen Eifer des Kindes, das mehr und mehr von der Welt in sich aufnehmen möchte. Das macht ihr so schnell keiner nach.

Unika, Unikum

Unika, die Einzigartige, hieß die halluzinierende Heldin jenes Buches, das der Rainer, der Fassbinder, mir zur Lektüre aufgab, damals am Buffet in Cannes, als er den Arm um mich legte, um mir anzutragen, diese Reise ins Innere eines Wahns gemeinsam und sogar noch gemeinsamer denn je zu einem Film zu machen. Er wollte einen Film, der zwischen uns von Tag zu Tag neu entstehen sollte. Er hatte auch schon seinen Titel: *In der nahen Fremde*. Doch dann blieb das ganze Vorhaben eine Halluzination.

Etliche Jahre später, in der fernen Fremde der afro-hispanischen Welt von Kuba, begegne ich einer anderen Einzigartigen, die keine Halluzination ist und die mir ganz nahe kommen wird: Alicia Bustamante. Mein Vater wird sie sogleich »das Unikum« nennen. Sie hat Gott sei Dank nichts von der Tragik jener anderen Unica. Sie ist ein Glückskind. Aber aller Anfang ist schwer. Sie kam schon mal umgekehrt als üblich zur Welt, also mit den Hinterteil voraus, und schien tödlich in der Nabelschnur verstrickt. Dennoch ist sie dann zu doppelter Lebendigkeit erwacht. Während ihre Mutter, umringt von den Nachbarinnen, schon ihre Todgeburt beweint, verlangt die erwachsene Halbschwester Mina nach zwei großen Schüsseln, eine mit kaltem und eine mit heißem Wasser, und taucht das bereits violett angelaufene Baby solange ins Wechselbad, bis es aufschreit und endlich Luft in die Lungen dringt. In Kuba gelten die verkehrt herum Geborenen als Glückskinder, weil sie ihren Weg ins Leben trotzdem geschafft haben. Glück im Unglück. Gibt es ein krisenfesteres Glück? In der Folgezeit wurde Alicia zum Augapfel der siebenköpfigen Familie.

Ihre Mutter hatte einen verwitweten Polizisten mit fünf Kindern geheiratet, nachdem er, der Hüter von Ordnung und Sicherheit, sie eines Abends darauf aufmerksam gemacht hatte, dass eine Frau wie sie bei Dunkelheit nicht allein die Abkürzung durch den Park nehmen sollte. Sie aber ließ sich nicht davon abbringen, und also hat er sie allabendlich bis vor die Haustür begleitet und schließlich auch darüber hinaus bis in ihre Kammer. So konnte der Herzenswunsch der Mulattin Chea, ein Kind zu gebären, doch noch in Erfüllung gehen. Es war mit 41 Jahren ihr erstes Kind. Auch das war für die damalige Zeit ziemlich einmalig. Alicia steht als Nachzügler im Mittelpunkt der Fürsorge aller. In ihren drei halbwüchsigen Schwestern hat sie noch drei weitere kleine Mütter, die mit ihr spielen und sie herzen und verwöhnen. So kann sie schon von klein auf in vollen Zügen aus dem Topf der Liebe trinken und vielleicht kommt es daher, dass ihr auch weiterhin ein Leben lang die Herzen zufliegen werden. So auch das meine. Alicia sagt auch von sich selbst, sie sei ein Glückpilz: »Erstens weil ich überhaupt leben durfte, zweitens weil ich von klein auf so geliebt wurde und drittens, weil ich Dich getroffen habe, Hanna.«

Schon hatte sie sich wie alle Kubaner, die trotz Castro oder gerade wegen Castro auf der Insel geblieben sind, damit abgefunden, diese Insel nicht verlassen zu können. Deshalb hat Alicia auch keine Ahnung von Geographie. Ihr Weltatlas im Kopf ist weiß. Wohl hat sie in der Morgenröte der Revolution mit großem Elan Zuckerrohr geschnitten und denen, die im Hinterland groß wurden, ohne je zur Schule zu gehen, Lesen und Schreiben beigebracht, aber wozu die Ortung der großen Fremde, wenn man sowieso nicht reisen kann. Kein Wunder, dass ein Vorgefühl von Schwindel sie bis an den Rand der Ohnmacht erfasst, kaum waren wir uns zum ersten Mal begegnet, denn jetzt wird der »pajaro azul«, der blaue Vogel, wie sie sich selber nennt, die Flügel breiten, und ab geht der Flug nach Paris. Und nicht nur Paris, auch Rom, Madrid, Berlin, Lissabon, Wien, Reykjavik, Moskau und die vielen anderen Orte, wohin sie mich im Lauf der nächsten zwei Jahrzehnte begleitet ... und natürlich auch das kleine Zorneding bei München, wo ich meine inzwischen so zart gewordenen Eltern angesiedelt habe im Umkreis des Familienclans, der nach und nach vom mittlerweile polnischen Oberschlesien nach Oberbayern »herübergemacht« hat.

»Das Unikum« tauft mein Vater die kleine Frau aus der Karibik, kaum ist sie bei ihm zur Tür hereingekommen. Weiß er, dass er auf der Krankenstation auch »das Unikum« genannt wird, spätestens seit er mit seinen über neunzig Jahren dem Arzt im Vorübergehen eine kleine Massage verpasst hat, bevor es abgeht zur gefürchteten Operation, worauf dieser trocken bemerkt: »Endlich mal einer, der versteht, was ich brauche.« Auch nach der Tortur lässt er es sich nicht nehmen, sich von der behandelnden Schwester mit einem gekonnten Handkuss zu verabschieden. So kommt es, dass Alicia nicht nur mein Herz, sondern auch gleich das meines Vaters zufliegt, denn in allem, was sie tut, und sei es noch so ernst zu nehmen, ist immer auch Komik. Vor allem aber bringt sie meinen Vater zum Lachen, wenn sie Leute nachmacht, die mit nur ein paar

Gesten oder Tönen lebendig in ihr auferstehen, oder wie sie selbst sagt, »in sie hineinfahren«. Alicia ist wie ich Schauspielerin, nur dass ich mich in dieser Gabe des Nachahmens nie geübt habe, leider. Ich wollte immer zuerst bei mir einkehren, bevor ich Ausflüge in andere Personen mache. Warum eigentlich? Wenn ich dicht an einer Wahrheit bleibe, die mich selbst betrifft, werde ich dann auch die anderen erreichen?

Meine Mutter hingegen hatte durchaus dieses unwiderstehliche Talent der Nachahmung, das den Alltag zur Bühne macht. Gerade deshalb und weil sie eben nicht Schauspielerin geworden ist, gab es in jeder unserer Wohnungen statt einer Tür immer auch einen Vorhang, hinter den sie zurücktreten konnte, um in ihrer komischen Spielart eine Andere zu werden. In solchen Momenten kam bei mir zuhause, wo es sonst nicht so lustig war, schlagartig gute Stimmung auf, denn diese Gabe hat mein Vater schon immer an meiner Mutter fasziniert, und also jetzt auch an Alicia. Doch dann wird ihn die Eifersucht plagen, als er merkt, wie sehr sie mir mit ihrer Clown-Power mein Leben versüßt. Dabei hat es mein Vater auch ihr zu verdanken, dass ich so viel bei ihm sein kann, denn sie hält die Stellung in Paris, wo Wohnungen bei längerer Abwesenheit gern von Einbrechern heimgesucht werden. Davon konnte ich bereits ein Lied singen. Es geschah »in der Zeit vor Alicia«, denn so wie es eine Zeit vor der Pubertät und eine nach der Pubertät gab, so gibt es auch »eine Zeit vor und eine nach der Ankunft von »Alicia im Wunderland« Paris. Von da an wird eben ihre Komik mehr und mehr an Raum gewinnen. Aber sie ist nicht nur die, die mein Pariser Heim hütet. Alicia ist es auch, die mir auf die Sprünge hilft, damit ich in den langen

Jahren der »Elternpflege« weiter existieren kann auf der Bühne oder auf der Leinwand. Beim Stöbern in meinen Platten hat sie die Musik von *Miss Arizona* entdeckt, ein Film, in dem ich an der Seite von Marcello Mastroianni die Sängerin des legendären Club Arizona im Budapest der vierziger Jahre spiele. Als ich dazukomme, sagt sie einfach nur: »Komm, sing weiter!« Auch dabei kann sie mir helfen. Sie hat eine Zeit lang das musikalische Theater in Havanna geleitet, bis die Nomenklatura der Unorthodoxen ihr Stöcke in die Speichen wirft.

Mit Marcello Mastroianni in *Miss Arizona* von Pál Sándor, 1987, Filmstill

Genau dieses »Weitersingen!« hat es als Anstoß gebraucht. Es bringt frühe Wunschphantasien noch aus der Kindheit in Gang, und die finden ein Echo in der Wirklichkeit. Kurz darauf erhalte ich einen Anruf von ARTE. Man fragt, ob ich denn, obwohl ich keine Sängerin bin, ausnahmsweise für eine Sendung über den Ersten Weltkrieg die deutschen Lieder aus dieser Zeit singen möchte. Natürlich möchte ich. Das kommt mir wie gerufen. Gesegnet sei der Zufall, einmal mehr. Der Fassbinder-Fan Jean-Marie Sénia, ein französische Musiker, hatte mich vorgeschlagen. Er will auch gleich für mich komponieren, und natürlich will ich auch das, und so entsteht in den folgenden Jahren mein erstes Repertoire. Alicia hat ihren Anteil daran, all die vielen Male, in denen sie mit dabeisitzt und zuhört, wenn ich mir nicht vom Blatt, sondern nach dem

Alicia Bustamante …, Kuba, 2012, Photo Eduardo Lavin

Ohr die neuen Lieder »ersinge«. Sie wird mich bei diesen neuen Schritten inspizieren und inspirieren. Auch der Komponist Sénia fühlt sich von ihrer Anwesenheit beflügelt, denn an Alicia ist ein Musiker verlorengegangen. Aus dem Stegreif kann sie die zweite Stimme singen, und sie kann auch ganz gut bluffen, wenn sie in die Klaviertasten greift … und als mich am Drehort, dem mythischen Herodion in Athen, eine Trompete begleiten soll, gelingt ihr schon nach ein paar Minuten, wozu andere Tage brauchen, nämlich dem Instrument den ersten Ton zu entlocken.

Aber ihr eigentliches Ding ist der Rhythmus, die Tumba, die kubanische Trommel, und jede Art von Perkussion, schon von klein auf. Allerdings, die zweite Leidenschaft des Kindes sind die Rollschuhe. Als sie einmal hinfällt, »vergipst« ihr ein Kurpfuscher den Arm falsch. So kann sie die »Baguette«, den Trommelstock, nicht mehr locker genug aus der Armbeuge heraus führen, und schließlich geht sie schweren Herzens vom Konservatorium ab. Lange Zeit weiß ich nicht, warum Alicia beim Bäcker keine Baguette kaufen will, bis sie mir sagt, dass ihr in diesem Moment das Wort dafür entfällt. Das Trauma von damals schiebt sich bis heute vor das Wort. Da schießt die gewisse Leere in den Kopf, die aufkommt, wenn man lieber vergessen möchte. Aber geht sie über diese Eselsbrücke zurück zum Ursprung des Traumas, liegt ihr das Wort auch wieder auf der Zunge, und sie sagt mit besonderem Lächeln: »Une baguette, s'il vous plaît.« Damals hatte sie dieses Trauma glücklicherweise in einen anderen Traum umgewandelt. Sie ist Schauspielerin geworden. Glücklicherweise auch für uns: denn ohne die Rollschuhe und den Kurpfuscher wären wir uns später nicht beim Film begegnet, als ich mich zum »Träumen verleihe« in jener Geschichte, die Gabriel García Márquez eigens für mich umschreibt ... Alicia wird es so ausdrücken: Die Götter haben mich ihr geschickt, im Januar 1991. Vor allem sei es Elegua gewesen, der Heiler und Wegbereiter. Der habe seine Hand im Spiel gehabt, dass sich ihr durch mich so viele neue Wege eröffneten, nicht nur geographisch, auch künstlerisch: Sie wird zum Häuptling einer lateinamerikanischen Theatergruppe und in Paris ... sie wird mich inszenieren, so wie auch ich sie. Das kubanische Elysium wird von ebenso vielen Gottheiten bevölkert wie das griechische. Schließlich haben dort auch Christus und die Jungfrau Maria Eingang gefunden. Aber vor ihnen war schon Platz für alle nigerianischen Gottheiten, die ganze Farbenpracht des afrikanischen Yoruba-Himmels. »Los collares«, mehrfache Ketten aus eingefärbten, aufgefädelten Kernen, erinnern sichtbar an diese Gottheiten, mit denen gläubige Kubaner täglich umgehen. Auch Alicia

... die kurzerhand selbst zur Trompete greift, um mich zu begleiten, Athen 1998

hat immer wenigstens eine von diesen Ketten umgelegt, und manchmal streift sie auch mir eine über, wenn sie meint, es tut not. Aufkommende Probleme werden in Wasser aufgelöst. Wenn ich auf der Suche nach fehlenden Gläsern den Blick schweifen lasse, finde ich sie mehrfach an Ecken und Enden thronen, und in ihrem Wasser perlt ein Fluidum, von Alicia und ihren Geistern zu unserem Schutz herbeigerufen. Diese kleinen Beschwörungen … sollen sie ruhig geschehen. Auch ich glaube ja an die Kraft der im Bild sichtbar gemachten Wünsche.

Auch ich habe ja in Jerusalem, wie all die vielen anderen, in eine Ritze der Klagemauer ein beschriebenes Zettelchen gesteckt, und sei es auch nur, um diesen meinen sehnlichsten Wunsch in meinen eigenen Schriftzügen vor Augen zu haben: ein spätes Kind. Wie ich nicht müde werde, Alicias Voodoo geschehen zu lassen, so wird auch sie nicht müde, im Spiel für mich das späte Kind zu sein, das ich mir so gewünscht habe. Es ist ein Spiel, das ihr so leicht fällt wie allen, die nie aufgehört haben, Kind zu sein. Bei Bedarf wird sie das Spiel auch gleich wieder zurücknehmen. Außerdem gibt es da noch den viel zitierten anderen kulturellen Hintergrund. Auf Kuba ist es durchaus üblich, die Kinder, egal ob groß oder klein, ganz selbstverständlich mit »Papito / kleiner Papi« oder »Mamita / kleine Mami« anzusprechen. Viele Zettel, von Alicias Hand geschrieben, haben sich angesammelt in meinen Schachteln. Oft beginnt sie, halb im Spaß und halb im Ernst, mit »Mamita mia« und unterschreibt mit »Dein Mokkekere«, was auf afrikanisch Yoruba »Dein Kind« heißt, und irgendwo schwebt noch ein Herz, das … paff! … explodiert vor lauter Gefühl. Und weil sie weiß, sie erheitert mich mit ihrem Fehlerdeutsch, schreibt sie: »Kommst früh bitte. Es ist sehr angenehm, widasehn mit deine gute Laune, das kleine Apfelküchen ist für dich, meine Mamili.« Oder sie schreibt: »Bitte spät nicht kommst. Ich werde haben my arms offen.« Und dann weiter auf Spanisch: »heute habe ich den ganzen Tag in der Wohnung etwas gesucht. Das warst Du! Ohne Dich ist der Himmel nicht blau und selbst die Blume nicht schön.«

Anfangs war ihr wohl auch einsam zumute in der fremden Stadt, wenn ich ausgeflogen war und die neue Sprache ihr erstmal nur stammelnd von den Lippen kommt. Trotzdem findet sie immer leicht den Weg zum Nächsten. Sie ist ein Kommunikationsgenie. »Sie könnte auch einen Stein zum Vibrieren bringen«, sagt José, während ich im Schneideraum mein Portrait über sie bearbeite. Ebenso schnell, wie sie zum Kind wird, kann sie im Handumdrehen die Rolle meiner Schwester oder Mutter übernehmen. Dann wird sie mich daran erinnern, die Menschen so zu nehmen, wie sie eben sind, und nicht, wie ich sie mir wünsche. Oder sie sagt zum x-ten Mal: »Du musst Dich endlich selber so lieben wie ich Dich … und Du mich!«

Wie so oft sitze ich auf einer Bank an der Place des Vosges, während ich diesen Satz schreibe in leuchtender Frühlingssonne. Ja, da kann ich doch nicht tippend am Computer kleben … Eine Frau beugt sich im Vorbeigehen zu mir herunter, um mich näher unter die Lupe zu nehmen. Sie sagt: »Sie sehen so ähnlich aus wie Hanna Schygulla.« Ich nicke und sie fragt weiter: »Sind Sie es?«, und ich nicke und dann sagt sie ohne Pathos: »je vous aime.« Alicia würde dazu sagen, diese Frau habe mir Ochun geschickt, die Göttin der Liebe, in leuchtend gelb und orangenfarbene Röcke gehüllt wie die reife Frucht der Mango, die nach Paradies schmeckt. Vielleicht würde sie noch hinzufügen: »Komm, mach Dir ihr Collar um, und sei es nur für ein paar Stunden, und gib noch das rote von Django hinzu, dem feurigen Göttergatten. Ich weiß, Du glaubst ja nicht so daran, aber tu es mir zuliebe.« Und ich sage dann: »Con mucho gusto, amor«, und genieße die Freiheit, mich auch in fremden Welten vorübergehend niederzulassen. »Das Schwerste ist es, das Eigene zu erlernen.«

Dieser Satz von Hölderlin hat sich mir noch aus der Schulzeit eingeprägt wie wenige andere, obwohl ich ihn gar nicht so richtig verstehen konnte. Oder vielleicht eben deshalb? Umgekehrt könnte ich auch sagen: Es fällt mir leichter, mich im Fremden zu erkennen als in dem, was mir gleicht. Auf Kuba gibt es ein Lied, gesungen vom unvergleichlichen Bola de Nieve, der von so schwarzer Hautfarbe war, dass sie ihn »Schneeball« nannten: »Si yo encontrara un alma como la mia … – was wäre, wenn ich einer Seele wie der meinen nochmals begegnete / einer Seele, die um alles weiß, was ich fühle …« Es ist zu »unserem« Lied geworden. Allerdings will Alicia jedes Mal, wenn wir es zusammen anstimmen, die zweite Stimme partout nicht gelingen … und auch ich »schmeiße« und kippe aus der Melodie: »Das Schwerste ist es, das Eigene zu erlernen«.

Eines aber stellt sich ganz leicht ein, ohne es erlernen zu müssen. Wenn wir zusammen sind, vergessen wir beide unser Alter, denn das wechselt ja ständig. Je nach der Stunde wechselt es mal um Jahre und mal um Jahrzehnte. Sind wir getrennt, sie in Havanna und ich in Paris, rennt uns die Zeit davon, und wenn ich auch versuche, aus jedem Tag das Beste zu machen, ist das ohne sie nicht so leicht …

Meiner Mutter einen Gruß

Als ich im weichen Mutterschoße langsam aufwuchs
Als dort innen wie außen und außen wie innen war
Als die Spirale der großen Milchstraße sich wiederfand
in der Windung meiner Nabelschnur
Als dieses kleine Etwas aus Zellen und Lust am Leben
… Ich … mehr und mehr über sich hinauswuchs
Als im steten Strom meines Blutes die Kreatur sich neu
erschuf in allen Stufen, schwimmend, schwebend und
dann kriechend bis hin zum Aufrichten in der Säule
meiner Rückenwirbel
Als sie mir Hände und Füße mitgab für meinen Weg über
diese Erde

Und als dann nach neun Monden mein Herz schon erschrocken höher schlug inmitten der gewaltigen Verstoßung aus dem ersten Paradies, dem Mutterschoß, da darf ich noch nicht raus aus diesem Schoß, doch nicht ausgerechnet am Heiligen Abend. Da gab es einen Dr. Glaubert, Assistenzarzt des berüchtigten Dr. Mengele. Dem ist es mit einer Spritze gelungen, mein Kommen zu verlangsamen. Meine Mutter wird später sagen, dass meine Geburt das Schlimmste in ihrem Leben war, die vielen, viel zu lang gedehnten Stunden der Wehen, schlimm für beide von uns. Vielleicht kommt es ja auch daher, dass ich oft doppelt so lange brauche, wenn wiederum etwas aus mir herauswill, und ich auch zwanghaft manches bis zur letzten Minute hin verzögere. Plötzlich ist sie wieder da, die Lähmung.

Auf meiner Geburtsurkunde ist der Stempel mit dem Hakenkreuz. Eigentlich sollte ich auch ganz nordisch germanisch Dagmar heißen. Aber dann schwenkt meine Mutter auf Hanna um … Hanna … ein Name, der eher jüdisch klingt, obwohl ich nicht jüdisch bin, und das in einer Zeit, in der alles Jüdische verfolgt wird. Als ich meine Mutter später frage, warum sie mich umbenannt hat, da sagt sie nur: »Ich habe da eine Hanna gekannt, die ist so … besonders … gewesen.« Warum habe ich sie eigentlich nicht weiter gefragt, was aus dieser Hanna geworden ist? Wollte ich es nicht kennen … das schlimme Ende des Lieds? Hätte es mir meine Mutter denn erzählt?

Wohl hat sie mir ja erzählt, dass sie gesehen hat, wie sie in Reih und Glied in gestreiften KZ-Anzügen und ohne richtige Schuhe durch den Schnee von Kattowitz zu IG-Farben getrieben wurden. Da hat sie kein Blatt vor den Mund genommen. Der Führer war ein Mörder, auch wenn mein Vater immer noch nichts auf das Scheusal kommen lassen wollte. Da führte kein Weg hinüber von meiner Mutter zum Vater und umgekehrt. »Der Hitler war an allem schuld«, wird sie noch mühsam sagen, als sie schon fast nichts mehr sagen kann am Ende ihrer Tage.

Meine Mutter war von Natur aus eigentlich eher ein offenes Buch. Erst später haben hässliche Winde manche Seiten zugeklappt. Und als im Alter der Blutdruck die Dämme sprengte, lag das Schwarz-Weiß ihrer Wesensklaviatur wieder ganz aufgedeckt. »Ich bin so liebesbedürftig, ich möchte um alles meine Arme legen«, wird sie sagen in der ersten Verwirrung ihrer Ver-

Hochzeitsbild meiner Eltern

Meine Mutter Antonie Schygulla

Mein Vater Josef Schygulla

Familienbild: Meine Eltern und ich, rechts der jüngste Bruder meiner Mutter, Bernd Mzyk, der während seines Medizinstudiums bei uns wohnte, 1949

nunft. Auch hatte sie mir erzählt, dass ihre eigene Mutter sie einmal eine Rabenmutter genannt hat, weil sie mich samt dickem Wickelkissen im hohen Bogen aufs Sofa warf. Das war einfach nicht mehr auszuhalten, mein ununterbrochenes Geschrei. Sie hatte den Infekt in der Brust und ich dann im Darm. Vorbei war es mit dem seligen Stillen. Am Anfang des glücklichen Ereignisses meiner Geburt waren nichts als Schmerzen.

Dabei hatte man sich um sie, die Antonie, in der Familie wirklich keine Sorgen gemacht, selbst dann nicht, als sie von der höheren Schule wegen der Kopfschmerzen einfach abging. Sie war doch die schönste und die fröhlichste der vier Schwestern. Bei der würden die Männer sowieso Schlange stehen. Und keiner ahnte, dass der ebenso schöne, strahlende und ja so anständige Josef Schygulla diese zauberhafte Blüte von einer Frau nicht glücklich machen würde … und sie ihn auch nicht. Unschuld ist eben nicht alles. Mehr Erfahrung hätte es gebraucht, um die abgehobene Liebe der jahrelang Verlobten ins Alltägliche zu retten. Der erste Donnerschlag kam, als mein Vater noch vor der Hochzeitnacht lieber wieder in den Schoß seiner Großfamilie zurückkehren wollte. Aber da hat der Stanislaus Mzyk als Familienoberhaupt des Mutterclans den Riegel vorgeschoben: »Aber lieber Sepp, Du gehörst doch jetzt zu Deiner Frau!« Doch dann gehörte der gute Mann in erster Linie dem Führer und musste an die Front, und für den Fronturlaub reichte die Verliebtheit aus, um mich ins Leben zu rufen.

Wenn es darauf ankam, war meine Mutter eine Frau von Tat und Mut. 1945, als die Russen schon im Einmarsch sind, schafft sie es als Erste der Familie, noch auf einen der letzten

Züge draufzukommen, die nach Westen fuhren. Sie ging mit mir und nichts als dem Kinderwagen, darin auch der beste Anzug meines Vaters, wenn er dann aus der Kriegsgefangenschaft zurückkommen wird. Im Zug wäre sie fast gestorben vor Angst, als der betrunkene russische Soldat mit Blick auf mich etwas von »Nazibrut« und »zum Zug rauswerfen« lallt. Aber ich, vom slawischen Klang der russischen Sprache stimmuliert, stoße meinen polnischen Lieblingssatz heraus: bedziemy jesc / gehen wir essen! Und der Soldat geht weiter zum nächsten Abteil. Diese paar Brocken Polnisch verdankte ich Ursula, dem halbwüchsigen Mädchen, das im selben Haus wohnte. Die wollte mich immer so gerne im Kinderwagen spazieren fahren. Als ich später ein Konzert gebe in meiner Geburtsstadt Königshütte, dem heutigen Chorzow, suche ich auf gut Glück nach dieser Ursula und finde sie auch, denn sie lebte fünzig Jahre danach immer noch im selben Haus in der Wohnung von damals. Da bricht sie in Tränen aus, weil ihre polnischen Worte mich gerettet haben. So anders sieht die große Geschichte aus, wenn sie sich erzählt in den kleinen Geschichten der Leute, die unten das ausbaden müssen, was von oben angestiftet wurde.

»Meine Mutti« war eine sehr liebe Mutter, auch wenn sie nur selten auf die Idee kam, mit mir zu schmusen, es sei denn, ich war krank. Dann gab es Wienerwürstchen auch ohne Brot und es gab Streicheln, einfach so. Also war ich öfter mal krank. In den Großfamilien meiner Eltern wurde früher nicht viel geschmust. Die Mütter hatten keine Zeit dafür und die Geschwister hatten genug zu tun mit dem Herumtragen und Aufpassen und Füttern. Als ich später in meiner besonders ver-

Meine Mutter …

… und ich, 1956

schmusten Art meiner Mutter das an Körperlichkeit zurückgeben wollte, was sie mir nicht geben konnte, war mir oft, als hätte ich nicht sie, sondern Luft im Arm. Wie entstand in mir der Hang zur Zärtlichkeit? Kommt dieses Gefühl in mir hoch, bin ich eins mit der Welt. Es ist eben nicht alles Erbmasse plus Erfahrung. Da gibt es wohl auch den qualitativen Sprung vom Mangel in den Überfluss. Meine Mutter hat auch sehr wenig mit mir geschimpft. Selbst als ich zur Stunde null den kostbaren Speck vom Brett mopse, während sie im Keller der Hintermeiers in Stockdorf Holzscheite fürs Feuer holt, sagt sie nur: »Hannchen, das war aber für uns beide.« Innerlich hat sie wahrscheinlich gelacht, weil ich mich selbst in der Ecke der Eckbank unsichtbar machen wollte, den Mund noch total fettig nach dem Anfall von Fresslust. Ich aber bewundere sie, weil sie mich gleich durchschaut hat. Es bringt also gar nichts, sich zu verstecken. Umgekehrt hat sie mich aber auch nie zum

Essen gezwungen, wenn ich mal ein oder zwei Tage nichts wollte und vor allem nicht den dunkelgrünen Spinat. »Kinder muss man lassen, das regelt die Natur schon von selber«, hat sie zu anderen Müttern gesagt. Nur der scheußliche Lebertran war ein Muss. Das Scheußliche brauchte man eben auch unbedingt zum Leben, aber dafür gab es danach ein Märchen, das von der Meerjungfrau vielleicht, die statt zu scheußlich braunem Schaum zu zerfallen, ein wohltuender Luftgeist wird. Für gute Schulnoten gab es allerdings nie eine Belohnung. Das musste ich schon von selber wollen.

Am Anfang wollte ich wie alle kleinen Mädchen so wie meine Mutter sein. Später wollte ich das immer weniger, wobei ich ihr immer ähnlicher wurde. Vielleicht war auch dieses falsche Signal ein Auslöser. Meine Mutter hatte es so eingerichtet, dass ich vor dem Überqueren der breiten Nymphenburger Straße zu ihr im Fenster hinaufsah, ein Fenster auf die Straße mit der Vogelschau des vierten Stockwerks. Als es noch keine Fernseher gab, war das unser Fernsehen und die Straße das erste und einzige Programm. Meine Mutter gab mir dann vor Schulbeginn jeden Tag vom Fenster aus das Zeichen, loszugehen, über die breite Straße hinüber. Doch dabei lauf ich einmal prompt in ein Fahrrad, das sie

Das Fenster in der Wohnung unter dem Dach, Nymphenburger Straße 67, München 1949

übersehen hatte. Nach diesem Schlüsselerlebnis schaue ich lieber selber von rechts nach links und setze mich einfach über die Vorsicht meiner Mutter hinweg. Hätte sie mich je dabei erwischt, wie ich bäuchlings auf dem Geländer abwärts sause, sie wäre in Furcht vergangen. Und natürlich erfährt sie auch kein Sterbenswörtchen davon, dass wir in den Ruinen spielen: Mutter-Vater-Kind und Onkel Doktor und auch Gottesdienst. Man muss sich als Kind vor Fürsorge schützen. Auch als ich trainiere, auf meinem Rad freihändig um den Hofbaum zu fahren, und mir dabei das Knie aufschlage, bin ich ihr gegenüber eben einfach nur ausgerutscht. Beim nächsten Mal gelingt mir dann endlich das Kunststück und alle anderen Kinder klatschen, obwohl ich, die »Tschikola«, das Flüchtlingskind, die kleinste von allen war, denn die noch Kleineren zählen gar nicht.

Zum unausbleiblichen Mutter-Tochter-Clinch kommt es in der Pubertät. Das Reizwort ist: »Das kannst Du doch nicht machen, was sollen denn da die Leute sagen …«. Da kommt der in mir köchelnde Vulkan zum Ausbruch, spätestens als sie mir bei einer besonders infamen Bemerkung eine knallen will. Ich fahre ihr in die Arme und schiebe sie dann mit der Kraft meiner Wut bis in die Toilette hinein mit der Drohung: »Wenn Du diesen Satz noch einmal sagst, weiß ich nicht, was sonst noch passiert.« Natürlich hat sie diesen Satz noch viele Male gesagt, und passiert ist nichts außer einer ständig zunehmenden Distanzierung von meiner Mutter, weil sie mit diesen Worten der feigen, gleichmacherischen Gesellschaft recht gibt und nicht ihrer kleinen Rebellin, die längst im Streit liegt mit solcher Heuchelei. Irgendwann fällt auch der Satz: »So wie Du möchte ich sowieso nicht werden.« Solche Sätze tun richtig weh, ihr und auch mir selbst, auch wenn sie das ABC der Evolution sind.

Ich vergesse dabei, dass meine Mutter durchaus dazu fähig ist, gegen den Strom zu schwimmen, wenn sie die Not und Schwächen anderer verteidigt und den Schleier von Verlogenheiten aufreißt. Nur vor ihrem eigenen Unglücklichsein will sie lieber den Schein der lustigen Antonie wahren, die so gerne lacht und auch jede Gelegenheit nützt, sich doch zu freuen. Selbst Luis del Pizzo, mein erster offizieller Liebhaber, der überkritische Luis, wird sie zur Begrüßung einfach mit beiden Armen hochnehmen und sie fragen: Wie geht es unserer Blume heute? Da hat sie wie immer am Sonntag, wenn wir kommen, mit Liebe den Tisch gedeckt und gekocht und gebacken, und so stimmt der Haussegen für ein paar Stunden. Immer hat meine Mutter versucht, ihr Leid hinter ihrer freigiebigen Fröhlichkeit zu verbergen. Deshalb kamen auch die Unterkunft suchenden Früh- und Spätheimkehrer aus der Familie am liebsten zu ihr, zuletzt noch ihr jüngster Bruder, der in München Medizin studierte. Der durfte jahrelang bei uns wohnen, auch zu ihrem Segen, weil er sie so daran hindern konnte, sich vom vierten Stock über das Geländer des Treppenhauses in die Tiefe zu stürzen. Ich stand mit meinen sechs Jahren benommen in der Tür, aufgeschreckt von ihren Verzweiflungsschreien. Auch wenn ich nicht wusste, warum sie gerade jetzt springen wollte, so wusste ich doch, es gab Gründe dafür.

»Mach Dich nie von einem Mann abhängig, du siehst ja, was mit mir ist«, war ihr Rat für mein Leben, und ich habe ihn befolgt, weil ich ja gesehen habe, was mit ihr war. Dennoch gab es auch für sie späte Schritte der Befreiung: eine kleine Halbtagsanstellung, der Führerschein mit schon fünfzig und das Gebrauchtauto vom selbstverdienten Geld und auch endlich der Liebhaber, jünger als sie, und leider auch stärker im Nehmen als im Geben, so dass sie nach ein paar hoffentlich schönen Reisen mit ihm auf das Zusammensein in der ungelüfteten Junggesellenbude freiwillig verzichtet. Ich habe an diesen Tagen ihre Abwesenheit von zuhause mit meiner Gegenwart ausgeglichen. Wenn der Brotverdiener abends heimkam, habe ich ihm das Essen warm auf den Tisch gebracht und versucht, bei dem wortkargen Mann ein paar Sätze in Gang zu kriegen, damit er nicht ausrastet.

Immer hatte ich das Bedürfnis, irgendwie gutzumachen, was das Leben den beiden an Glück schuldig blieb. Deshalb gab es auch kein Zögern und kein abwägendes »Soll ich oder soll ich nicht«, als meine Mutter nach dem ersten Schlaganfall langsam, aber sicher in die Hilflosigkeit abglitt. Ich hatte gerade in Paris meinen Umzug hinter mir, in eine größere Wohnung, um ein Kind zu adoptieren. Die Anzahlung bei dem New Yorker Anwalt von Mia Farrow in Sachen Adoption war schon überwiesen. Der war bei ihr ja höchst erfolgreich gewesen. Doch dann kam alles anders. Dann ist meine Mutter mehr und mehr zu meinem Kind geworden. Eines Tages, während ich sie anziehe, so wie sie es früher mit mir getan hat, kommt mir in den Sinn, dass ich mich, wenn mich die Garderobieren für einen Film angekleidet haben, für einige Momente wieder ganz Kind fühlte. Und ich frage mich im Stillen, ob sie es wohl manchmal auch genießen kann, so viel mütterliche Hingabe an sie, wie sie es während ihrer eigenen Kindheit bei den sieben Geschwistern zuhause wohl kaum erlebte. Da sagt sie unerwartet, als hätte sie meine Gedanken gelesen, in ihrem schon brüchig gewordenen Deutsch: »… und bist Du mir auch nicht böse, dass ich jetzt Dein … Kindchen …« Und ich drücke sie ganz lange und sage schließlich: »Jetzt kann ich Dir zurückgeben, was ich von dir bekommen habe«, und denke an ihren mysteriösen Satz: »Ich habe Dir zweimal das Leben geschenkt. Einmal bei der Geburt und das zweite Mal … aber das sage ich Dir morgen.«

Gemeinsam kommen wir aus ihrer Angstphase heraus, in der sie nur an die Decke starrt oder um den Tisch kreist. Kaum hab ich sie hingesetzt, steht sie schon wieder auf, immer im Aufbruch, wer weiß wohin. Ich bleibe ruhig, über mein beruhigendes Stickzeug gebeugt, und versuche ihr zu folgen in das Reich, in dem sie überall flimmernde Lebewesen sieht, die die Welt zusammenhalten. Ähnliches kannte ich ja aus eigener Erfahrung einst nach dem Kauen der Kaktusknollen des Peyote oder dem Schlucken der klitzekleinen, aber übermächtigen Dosis LSD. Da wurde es auch für mich sichtbar, dass der festeste Tisch eine Ansammlung aus vibrierenden Molekülen war. Also kann ich ihr sagen, dass sie jetzt Dinge sieht, die andere eben nicht sehen können, und dann sage ich noch: »Ja, ich versteh Dich schon.« Diesen Nachsatz wird sie mit hineinnehmen in ihr Kreisen um die Dinge im Raum und immer weiter wiederholen wie eine Membrane, die nachschwingt. Statt sie in die Obhut einer Anstalt zu geben, wie man mir rät, bringe ich sie zusammen mit meinem Vater zu mir in den besagten Pfarrhof der Gräfin Lehndorff, wo wir ganz unerwartet unsere schönste Zeit zu dritt erleben, wenn wir so ruhig im Garten sitzen und scherzen. Man kann den Rilke-Satz aus der ersten Duineser Elegie durchaus umdrehen. Dann wird aus »das Schöne ist nichts als des Schrecklichen Anfang« ein »das Schreckliche ist auch des Schönen Anfang«.

Selbst mein Vater schwingt sich zu neuen Höhen seines Humors auf, wenn meine enthemmte Mutter auf wildeste Weise den Tisch deckt und er sagt: »Na, bereitest Du wieder eine neue Kunstausstellung vor?« Da muss auch sie lachen, und der Schrecken verfliegt. Einmal ist sie plötzlich verschwunden und er ist es, der sie findet auf der kleinen Landstraße, wo sie, jeweils einen Schuh von mir in jeder Hand, mit Blick nach vorne auf den fernen Horizont zugeht. Er bringt sie zurück mit den Worten: »Ich glaube, unsere Mutti hat sich aufgemacht, in Deine Fußstapfen zu treten.« Als am Abend der volle Mond in mein riesengroßes Mansardenzimmer scheint, bringt sie uns dazu, dass wir uns bitte ganz nah um sie herumlegen, denn so habe sie sich immer gewünscht, dass wir drei zusammen sind, immer, immer, immer …

Dann ging es mehr und mehr in Richtung Rollstuhl und Sprachlosigkeit. Ich fahre sie möglichst dorthin, wo ich gerade etwas zu tun habe. Am meisten gefällt ihr, wenn ich meinen Vater provoziere, wenn ich ihm das Feigenblatt vor seinen Hintergedanken wegziehe oder wenn ich ihn hochnehme, weil er so gerne Unwahrheiten sagt, um sich dahinter zu verstecken. Oder ich reiche ihm seinen Stock, weil ihm bei so viel Schwindelei doch schon ganz schwindlig sein muss. Dann klatscht sie in die Hände und wir amüsieren uns alle drei. Und als ich mir einmal Wasser eingieße und mich geistesabwesend dafür bei

Mit meiner Mutter und meinem Vater im Pfarrhof Peterskirchen, wo wir ganz unerwartet unsere schönste Zeit erleben, 1989, Photos Rainer Hutt

mir selbst bedanke, lacht sie hell auf. Da weiß ich, sie versteht, auch wenn sie nichts mehr sagen kann. Doch unaufhaltbar ist der Weg ins mehr und mehr Verlöschen. Seltsamerweiseweise habe ich meine Mutter trotz oder eben wegen jener zunehmenden Bewegungslosigkeit »mein Vögelchen« genannt. In der Nacht, in der meine Mutter stirbt, bricht bei Tagesanbruch ein so heftiges Zwitschern der Vögel los, als ginge das Bild, das ich für sie erfunden habe, in die Wirklichkeit über und ihre Seele spannte in Gestalt des Vogels ihre Flügel weit über das Diesseits hinaus. Ein Pärchen schwingt sich aufs Motorrad, ich benetze ein letztes Mal ihre Lippen und sinke in den Schlaf. Als ich aufwache, liegt nur noch ihre Hülle da. Die Pflegerin, mit der ich zusammen die Totenwäsche mache, sagt weiterhin sanft und respektvoll, so, Frau Schygulla, jetzt drehe ich Sie noch einmal zur Seite, und dann haben wir es geschafft.

»Lieber Vogel, fliege weiter, nimm den Gruß mit und den Kuss, denn ich kann Dich nicht begleiten, weil ich hierbleiben muss.« Denke ich an den Zettel im Schnabel des Vogels, der sich niedersetzt auf meinen Fuß, dann sehe ich vor mir das Bild der zwei leeren Liegestühle auf der Dachterrasse meiner ersten Wohnung auf dem Montmartre, hoch über den Dächern von Paris. Dort haben beide einige luftige Stunden verbracht, in der Sonne meiner Glücksphase von damals, als die Liebe und der Erfolg, beide noch am Erblühen waren. Gerne sind sie so über allem thronend, entspannt einfach nur dagelegen und haben in die Wolken geschaut, in die vorüberziehende Unendlichkeit, in der sich das abbildet, was du mit dem inneren Auge erschaust. Vor ihrer Abreise haben sie die beiden Liegen noch als letzte Geste dicht nebeneinandergeschoben. Zurück nach Deutschland ging es damals mit sehr viel Himmel unter den Lidern und auch der Tochter Seligkeit im Sinn. Jetzt sind sie alle beide schon endgültig und ganz hinübergegangen. Dorthin, wo ich sie nicht begleiten konnte, »weil ich hierbleiben muss«. Aber ewig kann es ja nicht dauern, leider oder Gott sei Dank … »Wer weiß, ob wir das Leben so unendlich liebten, wenn es nicht endlich wäre? Denn die Ewigkeit ist sehr lang, vor allem gegen Ende zu.« (Woody Allen)

… zurück bleiben die beiden leeren Liegestühle, die sie als letzte Geste dicht aneinandergeschoben haben, Paris, Montmartre, 1995

Wie Gott in Frankreich leben

Ich war noch Kind, da hat mich diese Redewendung von einem Land träumen lassen, wo alles so vom Feinsten und Schönsten sein müsste, dass auch ein Gott daran sein Vergnügen hätte. Allein die Sprache ging mir so wohltuend ins Ohr. Das Deutsche schien mir dagegen unelegant. Das Deutsche kratzte. Später konnte ich der Rauheit unserer Laute wieder sehr viel abgewinnen.

Wie würde Gott heute im Frankreich der Krise leben?

Schon von weithin sichtbar, hebt sich gleich links um die Ecke von mir der geflügelte Genius der Freiheit. Er vergoldet leuchtend die Place de la Bastille, jenen Ort, wo vor knapp 250 Jahren die französische Revolution angefangen hat. Jetzt enden dort die Demos der Sozialkämpfe. Sie werden mehr und mehr, Woche um Woche. Auch darf zur Begleitung das Gehämmer des Techno nicht fehlen. Er setzt uns in Gang, ob wir wollen oder nicht, ganz automatisch. Die Roboter sind unter uns und in uns, und sie werden auch mehr und mehr. Die Legende berichtet, dass vor rund 500 Jahren Rabbi Löw den Golem schuf, einen Roboter aus Moldauschlamm, in Gang gesetzt durch eine Zauberformel der Kabbala. Er schuf ihn unter anderem zur Verrichtung der Arbeit an den arbeitsfreien Tagen des Sabbat. Als er einmal vergisst, ihm den »Chip« aus dem Mund zu ziehen, läuft sein Golem Amok und vernichtet den Raum, in dem er dienen soll. Doch weiter geht die Automatisierung, immer schneller, immer weiter bis zum Gehtnichtmehr. Auch mein Herz klopft ängstlich und meine Nerven springen, wenn mein Computer mich auflaufen lässt, ganz so, als stünde ich vor einer Katastrophe.

Jedenfalls ist *le plaisir* hier weiterhin großgeschrieben. *Le plaisir* ist die Bastion gegen Depression, auch wenn es teuer kommt. Die Restaurants sind nach wie vor voll und der Geräuschpegel animiert. Doch auf dem Heimweg liegen die Obdachlosen auf der Straße. Am besten nicht hinschauen!?

Von meiner Wohnung aus sehe ich links um die Ecke auf die Zufahrt zur Bastille. Dort stehen immer öfter die Kolonnen der blauen Großraumwagen der Bereitschaftpolizei, um den Widerstand wenn nötig mit Gas in Tränen aufzulösen. Rechts um die Ecke hingegen liegt mein kleines Paradies, die Place des Vosges, friedlich wie eh und je, als wären wir trotz allem auch in der besten aller Welten. Im harmonischen Areal der großen Place des Vosges, meiner Oase, liegt die Jugend hingegossen in der Frühlingssonne im Gras. Keine Verbotstafel, es sei denn, der Rasen hat gerade Schonzeit. Im Sandkasten provoziert ein noch gewindelter Hosenmatz mit einer Sandfontaine eine junge Frau, die am Rand sitzend in ihre Zeitung vertieft ist. Jetzt schaut sie endlich auf, sandig, aber nicht sauer. Sie wirft mit leichter Geste eine Portion Sand zurück, und das Spiel zwischen großer Frau und kleinem Mann kann beginnen. Leben und leben lassen … In solchen Momenten spüre ich »la douce France«, die Süße Frankreichs, wie Charles Trenet sie besungen hat … »bercée de tendre insouciance« – der leichte Sinn ist Dir in die Wiege gelegt.

Als ich mit neunzehn zum ersten Mal nach Paris kam, stand ich unter dem Schönheitsschock dieser organisch gewachsenen Stadt, ich, die ich immer von den zerstörten Gesichtern unserer deutschen Städte umgeben war und von den entseelten Fassaden der schnell hochgezogenen Neubauten …

Seit ich mit dem Gedanken umgehe, Paris über kurz oder lang doch noch einmal zu verlassen für Berlin, die Baustelle der Zukunft, nehme ich hier alles mit doppelter Intensität in mir auf. »Parting is such sweet sorrow«, sagt Julia zu Romeo, als sich ihre Wege scheiden. Du süßer Schmerz des Abschiednehmens … Kein Wunder, dass ich seitdem hier alles noch schöner finde denn je zuvor. Gerne mach ich mich täglich auf den Weg durch das vielschichtige Herz dieser Stadt. Immer schon war das Marais Zentrum jüdischen Lebens. Doch inzwischen kommt mir um jede Ecke auch eine andere Sprache entgegen und ein anderer Geruch aus der Küche fremder Länder. Die aristokratische Großzügigkeit der Bauten hier ist das Vermächtnis jener Zeit, in der das Marais der Sitz der Adligen in ihren Stadthäusern war, in die dann nach der Revolution andere von unten nachgerückt sind, so wie heutzutage … ich.

Abfahren, aussteigen, ausflippen … das waren die Worte, mit denen wir, die Nestflüchter, uns damals aufmachten in andere Dimensionen. Kaum hatte ich mein Abitur in der Tasche, wollte ich schon nichts wie raus aus Deutschland, raus aus dem Mief der 60er Jahre. Au-pair heißt die Formel, die es möglich macht, um abzuheben in die »große Welt«. Für uns war damals Paris schon die große Welt. »Ganz Paris träumt von der Liebe«, hat Caterina Valente wochenlang auf Platz eins der Wunschkonzertliste geschmettert. Von der Liebe wollte ich auch träumen. Doch dann war es Edith Piaf, die mich wie keine andere zum Träumen brachte, als sie ihren Milord auffordert, »seine

Füße einfach auf ihrem Stuhl und seinen Kummer auf ihrer Brust abzulegen« … »denn im Leben gibt es nur eine Moral, egal ob du arm bist oder reich, ohne Liebe bist du gar nichts und alles andere ist gleich«. Natürlich gefällt mir auch ganz besonders, dass Frankreich das Land war, in dem man als Erstes *Freiheit, Gleichheit, Brüderlichkeit* gerufen hat und nicht *Heil Hitler*. In dem Jahr 1962, meinem ersten Jahr in Paris, wird die Welt erzittern. Die Kubakrise bringt uns an den Rand des dritten Weltkriegs. An dieses Zittern kann ich mich gut erinnern. Weit weniger deutlich erinnere ich mich an den sanften Paukenschlag, mit dem de Gaulle bereits Anfang 1963 eine neue Ära der deutsch-französischen Beziehungen eingeleitet hatte: Im Januar unterzeichnen de Gaulle und Adenauer den Elysée-Vertrag. Der historische Erzfeind wird zum neuen Freund erklärt. Da geht ein Zittern anderer Art durch die Menschen diesseits und jenseits des Rheins. Die Deutschen jubeln befreit auf, als de Gaulle, der Chef des Widerstands gegen Nazideutschland, in mühsam artikulierter deutscher Sprache dem Volk der Deutschen das in Schutt und Asche und Schimpf und Schande verlorene Bild der »großen Nation« zurückgibt. Es folgt der regelmäßige Briefwechsel zwischen den beiden Staatsmännern. De Gaulle wird darin auch von zu erwartenden Schlechtwetterperioden für die neuen Keime sprechen. Adenauer, der konservative Alte vom Rhein, antwortet als der Rosenzüchter, als der er sich gerne zeigt, dass die Knospen der wertvollsten Rose auch die schlimmsten Fröste überstünden.

De Gaulle hatte mit seiner visionären politischen Großtat auf offizieller Ebene vorweggenommen, was sich persönlich, geradezu naturgewollt im Gegenstoß zum Völkermord, immer wieder abspielte: Die Kinder, deren Eltern ins Feld geschickt wurden, um sich zu töten, verlieben sich ineinander. Hass möchte sich in Wohlgefallen auflösen ... erlösen. Auch ich »machte Liebe« in Paris, mit dem Sohn von antifaschistischen Exilspaniern, die im Spanischen Bürgerkrieg nicht nur von Franco, sondern auch von den Nazis und ihrer Legion Kondor ausgeräuchert wurden. Tagsüber hütete ich französische Architektenkinder, deren Eltern mich eigentlich nie haben spüren lassen, dass ich Tochter der ehemaligen Besatzungsmacht war.

Das Bild, das ich nach einem Jahr Au-pair in Paris nach Deutschland zurücknehme, ist ein Frankreich, in dem eben alles besser ist als bei uns: der Charme, das Essen, die Kultur, die Freiheit, ganz zu schweigen von den Liedern, ah ja, die Chansons! Viele kann ich inzwischen stellenweise auswendig, so oft habe ich sie beim täglichen Bügeln der Architektenwäsche mitgesungen. Es gesellen sich zur Edith Piaf die anderen Größen: George Brassens, Juliette Greco, Léo Ferré und »la grande brune« Barbara.

Schon bin ich wieder zurück in Deutschland, als Barbara, Französin jüdischer Abstammung, ihr Chanson »Göttingen« singt, ein Lied, das mehr Brücken baute als manches Abkommen:

Paris besingt man immer wieder
Von Göttingen gibt's keine Lieder
Doch dabei blüht auch dort die Liebe
in Göttingen, in Göttingen
Was ich nun sage, das klingt freilich

Für manche Leute unverzeihlich
Die Kinder sind genau die gleichen
in Paris wie in Göttingen

Lasst diese Zeit nie wiederkehren
und nie mehr Hass die Welt zerstören
Es leben Menschen, die ich liebe
in Göttingen, in Göttingen …

Zurück in München, inzwischen Studentin der Philologie, halte ich weiter Verbindung mit Frankreich, auch über seine Filme: *Jules und Jim* von Truffaut oder *Le Bonheur* von Agnès Varda oder *Die Geschichte der Nana S.* von Godard. Sie sind das neue Kino, das ich liebe. Noch ahne ich nicht, dass ich selbst Teil der nächsten Nouvelle Vague sein werde. Sie kommt diesmal, man höre und staune, aus Deutschland. Es ist der Neue Deutsche Film. Sein Herz schlägt in Rainer Werner Fassbinder besonders heftig.

1980 komme ich zum zweiten Mal nach Paris, diesmal als Star der *Ehe der Maria Braun* und von *Lili Marleen*. Wie gerufen kommt mir die freistehende Wohnung auf dem Montmartre mit Blick auf das Moulin de la Galette, wo Toulouse Lautrec 1891 seinem Lieblingsmodell la Goulue begegnete. Sie war sowohl Raubtierbändigerin als auch Cancantänzerin, eine von denen, die Arm in Arm untergehakt mit den anderen tanzenden Frühemanzen den Herren der Gesellschaft das obskure Objekt der Begierde, in Spitzenwäsche verpackt, mal von vorne, mal von hinten frech ins Gesicht streckten. Das romantische Nest mit Blick auf das Kabarett der Jahrhundertwende

Blick von meiner Terrasse auf das Moulin de la Galette, Paris

In uns als Paar verwirklicht sich die deutsch-französische Annäherung ...,
mit Jean-Claude auf meiner Terrasse, im Hintergrund Sacré Coeur de Montmartre,
Paris 1986, Photo Birgit Lahan

war wie bestellt für mich und den Franzosen Jean-Claude Carrière, der schon damals als Drehbuchautor in der Skala der wichtigsten Filme des europäischen Kinos omnipräsent war. In uns als Paar verwirklichte sich auf leuchtende Weise die deutsch-französische Annäherung. Jetzt war ich nicht mehr einer der vielen zum Licht strebenden Ableger des dunkelsten Kapitels der deutschen Geschichte. Nun war ich eher Teil der Ausnahmedeutschen, die so sind, wie die Franzosen gerne hätten, dass die Deutschen wären. Nach dem fatalen Mitläufertum der Eltern kam die Generation der Nein-Sager.

Jetzt lebe ich schon fast drei Jahrzehnte in Paris und kann aus nächster Nähe sehen, dass die Kinder unserer Generation, sowohl auf deutscher wie auf französicher Seite, mittlerweile frei miteinander verkehren. Sie tun dies jenseits der langen Schatten der Vergangenheit. Inzwischen war in Deutschland ein Wunder ohne Vorankündigung passiert. Da hatte jemand auf die Westseite der Berliner Mauer in riesigen Buchstaben den Hölderlin-Satz geschrieben: »und niemand kann von der Stirne mir nehmen den traurigen Traum«. Und dann ist einer gekommen, der hatte den Mut, diesen Traum zu verscheuchen. Die Mauer fällt. Wer nicht in Berlin live dabei stand, hat am Fernseher geklebt, und sogar meine Mutter hat in ihrer Verwirrung mit aufgerissenen Augen den Vorhang der Pupille aufgemacht und die unerhörten Bilder in sich hereingelassen. Es sind Bilder einer so jähen Veränderung, dass so mancher dachte, er träume mit offenen Augen ... oder noch besser, dass so mancher es nun für durchaus möglich hielt, dass auch in der Wirklichkeit Wunder passieren. Zwar überraschte Gorbatschow schon beim letzten Bruderkuss mit dem deutschen

Spießer Honecker durch den vielsagenden Satz: »Wer zu spät kommt, den bestraft das Leben«. Aber dann hatte der Mann mit der Landkarte auf dem Kopf es tatsächlich gewagt, die Landkarte Europas zu verändern. Ihn allerdings soll das Leben später dafür bestraft haben, dass er in seinem Handeln vielleicht zu früh kam für Russland. Leiden und Unterdrückung war es gewohnt im Übermaß. Auch kannte es blutige Empörung. Aber sich in Richtung Demokratie anzustrengen, darin war es ganz ungeübt. So wurde mir verschiedentlich erzählt, Gorbatschow sei nach dem Scheitern von Perestroika und Glasnost bei uns zwar sehr beliebt und werde gern herumgereicht, doch im eigenen Land sei er als Totengräber der großen Sowjetunion geradezu geächtet.

Als ich fast zwanzig Jahre danach auf der Galavorstellung des Moskauer Filmfestivals während der Pause auf meinem Stuhl sitzen bleibe, in meine Lektüre vertieft, da spüre ich jemanden vor mich hintreten und höre ihn sagen: »Ich … Gorbatschow«. Schon wollte ich ironisch antworten: »Und ich … Marilyn Monroe«. Aber dann schaue ich an dem beleibten Mann nach oben und erkenne den Unverwechselbaren. Kein Dolmetscher ist da, um zwischen uns zu vermitteln. Er reicht mir die Hand und ich sage »Danke«, ein Wort das er sicher schon zur Genüge aus deutschem Mund gehört hat. Dann tauschen wir noch einen langen Blick, und er geht auf seinen Ehrenplatz in der ersten Reihe zurück, wo ich ihn nach all dem Gerede nie vermutet hätte.

Es war der Mauerfall: er hat eine neue Periode der deutsch-französichen Beziehungen eingeleitet. Da haben Deutsche hinter dem Eisernen Vorhang doch tatsächlich eine unblutige

»Und niemand kann von der Stirne mir nehmen den traurigen Traum?«, Hölderlin, Berlin vor dem Mauerfall, Postkarte

Berlin, 10. November 1989, der Tag nach dem Mauerfall am Brandenburger Tor, Postkarte

Revolution hingekriegt. Endlich mal was, wofür man sich nicht schämen brauchte. Ganz im Gegenteil.

Anlässlich des Elysée-Vertrags macht Radio Deutschland eine Sendung über den Wandel des beidseitigen Verhältnisses. Gefragt sind die Wanderer zwischen beiden Welten. Man hat mich ins Studio geladen. Hier ist die beste Akustik, um meinen Beitrag zu diesem Thema auf Band zu lesen. Doch dann lasse ich die ausgeschriebenen Seiten zugunsten eines spontanen Gesprächs mit dem Redakteur links liegen. Mag er daraus bei Bedarf das eine oder andere ins Netz stellen.

Der 50. Jahrestag der Unterzeichnung dieses Vertrags wird in der Berliner Philharmonie begangen. Auch ich habe eine Einladung. Da will ich bei der Gelegenheit auch mal in die Welt der Politik eintauchen, für die Länge eines Konzerts mit anschließendem Umtrunk. Die Ansprache von Bundespräsident Joachim Gauck beginnt so: »Meine Ouverture sollen Worte einer deutschen Pariserin sein. Die Schauspielerin Hanna Schygulla war neunzehn, als sie das erste Mal nach Frankreich fuhr. Es war das Jahr 1963, in dem Charles de Gaulle und Konrad Adenauer den Elysée-Vertrag unterzeichneten«, und dann zitiert er mich: »... Da geht ein Zittern durch die Menschen diesseits und jenseits des Rheins. Die Deutschen jubeln befreit auf, als de Gaulle, der Chef des Widerstands gegen Nazideutschland in deutscher Sprache dem Volk der Deutschen das in Schutt und Asche und Schimpf und Schande verlorene Bild der ›großen Nation‹ zurückgibt ...«

Nachträglich würde ich am liebsten wie Kafkas Galeriebesucher die Treppe durch alle Ränge hinablaufen und dazwischenrufen: Halt! Nein, bitte nichts mehr vom Pathos der

»großen Nation«. Lieber soll die Nation weniger groß sein. Sollen ihre Menschen einfach nur die Größe haben, einander auf Augenhöhe zu begegnen. »Doch da dies nicht so ist, legt der Galeriebesucher das Gesicht auf die Brüstung … und weint, ohne es zu wissen.« Mit diesem Satz endet Kafkas Erzählung *Auf der Galerie*.

Von den Schöpfern und ihren Geschöpfen

Traum vom 25. 11. 2011:

Ich liege in einer Wiege in einem Zimmer, das mit gelben Landkarten austapeziert ist. Ab und zu kommen Regisseure vorbei, um ihre Muse zu küssen ... Ferreri, Scola, Tabori, auch der Schriftsteller G. M. Márquez ... Aber alle sind doch entweder schon gestorben oder wollen gar nichts mehr von mir. Ich erhebe mich aus der Wiege und komme von diesem Zimmer in eine lange Kette von Zimmerfluchten. Alle haben den vergilbten Grundton der alten Landkarten ... und was kommt am Ende? Kommt am Ende vielleicht das Ei, das in einem anderen Traum, in dem mich ein hungriger Fassbinder besucht, als einziges Objekt in der Leere des Kühlschranks leuchtet?

In der griechischen Mythologie verhält es sich genau umgekehrt. Da wird der Dichter von der Muse geküsst, und eben dadurch wird er zum Dichter. Der Kuss der Muse ist ein Wangenkuss. Er ist kein Kuss auf den Mund. Er ist schon gar nicht ein Zungenkuss, und wäre man auch noch so nahe daran. Nein, besser nicht, sonst ist die Luft raus, der Lack ab, das Geheimnis entzaubert zwischen den Geschöpfen, die »sich zum Träumen verleihen«, und dem Schöpfer dieser Traumgebilde, sei er Regisseur oder Autor oder das Augenpaar hinter der Kamera. Es gibt da sehr wohl ein vorübergehendes Aufwallen von Liebe oder etwas dem sehr Ähnlichem, wenn ein Werk im Entstehen ist, in dem die Muse ein- und ausgeht.

Manchmal beginnt es auch mit einer ersten Verneinung: Ettore Scola (neben Fellini, Antonioni, Ferreri und den Tavianis eine weitere Säule des italienischen Kinos) lässt anfragen. Ich antworte ohne Umschweife, ich hätte mich, ehrlich gesagt, etwas durchquälen müssen durch das Drehbuch über die Flucht des Adels vor der französischen Revolution. Zu viel historisches Bildungsgut für eine desertierte Studentin! Da muss der hochstudierte Scola herzhaft lachen, und es steigert sogar noch sein Interesse an mir. Als ich mich nach unserem Film *Die Flucht nach Varennes* von ihm verabschiede, skizziert er auf einer Papierserviette vor meinen erstaunten Augen einen Fisch und flüstert etwas von einem »simbolo d'amore«.

Auch Jean-Luc Godard bedankt sich für mein negatives Echo auf seinen letzten Film. Habe ich doch gerade von dem geredet, was mir darin fehlte. Aber eben diese Frustration sei ihm lieber als ein sattes Ja. Dann aber gab er mir in *Passion*, seinem Film über die Entstehung eines Films im Film, die einzige, wenn auch sehr verschlüsselte Liebesszene mit dem Regisseur. Diese Rolle spielte Jerzy Radziwilowicz, der Hauptdarsteller in *Der Mann aus Eisen* von Andrzej Wajda.

Andrzej Wajda wiederum hatte mich nicht einmal selbst ausgewählt für den polnisch-deutschen Film *Eine Liebe in Deutschland*. Es war der Vorschlag des Produzenten Arthur Brauner. Aber bereits in der ersten Szene, als der junge polnische Zwangsarbeiter, ein halbes Kind noch, bei mir Unterschlupf sucht und mir die Äpfel zum Einkellern aus dem Schoß rollen, sehe ich im schmalen Auge Wajdas den Glanz, der uns Schauspieler mehr belohnt als jedes Danke.

Ganz anders baute sich der Magnetismus auf mit dem

Dichter Gabriel García Márquez. Er habe schon bei seinem ersten Anruf aus Übersee und meinem deutlichen Ja am Telefon gemerkt, dass sich etwas Besonderes zwischen uns anbahnt. Als ich nach einer Drehpause zum zweiten Mal in Havanna lande, lässt er mich schon auf dem Flughafen ausrufen, weil sein Fahrer mich direkt auf ein Sommernachtsfest bringen soll, das in seiner kubanischen Villa bereits voll in Gang ist. Während des Festes sprechen wir so intensiv miteinander, als gäbe es nur uns beide. Der Film ist fast zu Ende gedreht. Es fehlt nur noch der Schluss, eine Unterwasserszene, für die ich also nochmal eingeflogen werde, um mit einem Tauchlehrer zu trainieren. Als ich Márquez frage, ob die von ihm erfundene »Frau Forbes« so geworden ist, wie er sie sich vorgestellt hat, antwortet er: »Zwischen uns ist das so etwas wie ein mystischer Vorgang: Frau Forbes hat ihren Anfang in mir genommen, dann hat sie eine Weile in mir gelebt, dann hast Du diese Frau Forbes auf die Welt gebracht, und dann hat sie eine Weile in Dir gelebt, und nun begegne ich ihr aufs Neue durch Dich … und also kann ich sie jetzt loslassen.« Als er mich ins Hotel zurückbringt, gehen wir nicht zusammen aufs Zimmer, auch wenn wir noch so nahe dran waren.

Bei der nächsten Runde »dieses mystischen Vorgangs« wird er eine seiner Kurzgeschichten umdrehen, damit ich es bin, die deren Zentralfigur »auf die Welt bringen« kann. In der Ursprungserzählung geht es um eine Kolumbianerin, die in Wien an die Tür einer großbürgerlichen Etagenwohnung klopft, um dort ihre ungewöhnlichen Dienste anzubieten. Doch dann hat Márquez diese Rolle auf mich umgeschrieben. Also ist es die Deutsche Alma Kretschmer, die eines Tages vor dem Tor einer feudalen Finca am Rande von Havanna steht. Sie sucht hier eine Anstellung als Medium, denn sie habe die Gabe, für andere zu träumen. Die Wirkung dieser Frau gleicht dem, was in der Chemie ein Katalysator ist. Es ist der Stoff, den es braucht, um eine chemische Reaktion zu verstärken.

Mit Marco Ferreri bei den Filmfestspielen in Cannes 1983, wo ich für *Die Geschichte der Piera* mit der Goldenen Palme ausgezeichnet wurde

In der Alchemie der dichterischen Erfindung geht sie als die hervor, die, wo immer sie auch auftritt, das Rad des Schicksals antreibt.

Als ich Márquez nach der Filmvorführung frage, ob mir seine Alma gelungen ist, antwortet er: »Auch wenn sie Dir weniger gelungen wäre, ich hätte sie trotzdem mit offenen Armen angenommen, weil Du diejenige bist, die ich dafür wollte.«

Marco Ferreri war nach Fassbinder der zweite, mit dem es diese besondere Alchemie zwischen Regisseur und Schauspielerin gegeben hat. Auch er hat sich nicht abschrecken lassen, als ich bei der ersten Anfrage Nein sage. Zu David Lynch führte nach meiner Absage für *Blue Velvet* kein Weg mehr hin. Diese Fiktion war zu brutal für die fragile Lage mit meiner Mutter. Auch meine handgeschriebenen Zeilen der Anerkennung für sein Werk werden daran nichts ändern, selbst als uns der Zufall eines Tages ausgerechnet im selben Hotel im riesigen

Kanada einquartiert. Ferreri hingegen kommt wieder mit einem anderen Stoff, und diesmal verabreden wir uns in aller Ahnungslosigkeit für ein näheres Gespräch am 10. Mai 1982. Es wird sich im Folgenden noch weiter bewahrheiten, dass wir füreinander bestimmt waren, zumindest für die Dauer dieses einen Films. Es braucht keine Worte. Wir wissen, was wir einander geben können. Das Zusammenspiel ist selbstverständlich und doch immer auch überraschend. Wie oft komme ich an den Drehort, und es bleibt mir erst mal der Mund offenstehen, so anders ist alles als im Drehbuch angedeutet, so viel aufregender, und ich überlasse mich nur allzu gerne diesem Anderen. Auf die gewagte Poesie seiner Bilder angesprochen, sagt Ferreri: Meine Metaphern zeigen nicht, was ist, sondern, was sein könnte: *Il futuro e donna*, die Zukunft heißt Frau. Dann fragt er noch: »Oder kennen Sie ein Orakel in männlicher Gestalt?«

Jeden Morgen, wenn ich noch vor dem Schminkspiegel sitze, kommt der Zauberer vorbei, stellt sich hinter mich und lässt seine Hand über mein Gesicht gleiten: »Fa mi vedere, l'infinito en tu cara«. Einen Anflug von Unendlichkeit möchte er in meinem Gesicht sehen. Das war es, was er von Anfang an im Auge hatte.

Als George Tabori und ich uns zum ersten Mal treffen, hatte ich weder ein Stück von ihm gelesen noch eine seiner aufsehenerregenden Inszenierungen gesehen. Auch er kannte von mir keinen Film, und doch haben wir schon an diesem Abend beschlossen, dass wir gleich beim nächsten Mal etwas miteinander machen werden. Es hatte, wie man sagt, gefunkt. Schon nach den ersten Proben zu seinem Hollywoodstück *Die 25.*

Stunde schwenkt er um. Er zieht ein anderes seiner Stücke aus der Schublade, *My Mother's Courage*, weil er mich in der Rolle seiner Mutter sieht. Ich habe weder die Ähnlichkeit noch das Alter dafür. Es muss etwas anderes gewesen sein. Die Gruppe murrt ein wenig. Da kommt eine neu dazu und alles wird umgedreht. Auch für mich dreht sich alles um. Ich werde mich bei Tabori anders erfahren, als ich mich vorher kannte. War ich doch von der Schauspielschule schon sehr bald abgegangen, weil ich beim vielen Proben immer schlechter wurde, und nun wird bei ihm noch viel mehr geprobt, geprobt bis zum Gehtnichtmehr. Selbst bei der Premiere darf das Stück vor allem nicht fertig sein. Wochenlang experimentieren wir herum, mit dem Text und mit uns selbst. In diesen Wochen hole ich nach, was ich zunächst links liegen gelassen hatte, das Training für Schauspieler. Wir üben uns darin »die Phantasie wie einen Muskel spielen zu lassen«, sage ich in einem Interview. Die Saison in Taboris Theaterlabor ist das Gegenprogramm zur Fassbinder-Factory. Fassbinder hat das Stück *Liliom* am Bochumer Theater unter Peter Zadek in der Rekordzeit von zwei Stunden von A bis Z durchgestellt wie ein Tänzer, der eine fertige Choreographie ausbreitet. Dann war es an uns, die Bewegungsabläufe zu verinnerlichen, die leeren Formen zu füllen. Erst im Endstadium der Proben hat er

Mit George Tabori an seinem 80. Geburtstag, Berlin 1994

nochmal Hand angelegt. Tabori hätte sich keine Probe entgehen lassen. Seine Leidenschaft war es, die Szenen wochenlang zu untersuchen. Dabei konnte man sich täglich wundern, was so alles in uns steckt, im Verborgenen oder auch so deutlich sichtbar an der Oberfläche, dass wir es »glatt übersehen« haben. Verdrängtes freilegen, Schicht um Schicht, das Lügengewebe durchstoßen, den Schutzschild fallen lassen …

Taboris Mutter Elsa hatte als einzige Jüdin den Transport ins Vernichtungslager überlebt. Ein Nachbar stößt sie in den Innenhof des Lagers. Sie soll dem Nazi-Offizier sagen, dass sie irrtümlicherweise hier gelandet sei, und sie könne es beweisen, wenn er ihr das Geleit nachhause gäbe. Dieser Gang auf den Befehlshaber zu wird alles entscheiden. Dieser Gang ist es auch, der also von allen Mitgliedern der Gruppe als Übung in Variationen durchgespielt wird: mit dem Mut der Verzweiflung oder in einer Art Trance am Rande von Diesseits und Jenseits oder es kommt ein Schluckauf oder ein Krampf in der Wade oder ein anderer komischer Umstand zu Hilfe, der die Panik entschärft oder mit der unpathetischen Sicherheit, mit der du dem Unausweichlichen begegnest … In solchen Momenten an etwas besonders Schönes denken … oder dem Schlimmsten ins Auge sehen und es gerade dadurch bannen … oder einfach ein verletzlicher Mensch sein, der sich einem anderen Verletzlichen in seiner Nacktheit zeigt …?

Für Tabori ist es auch Aufgabe des Theaters, den Schauspieler zum richtigen Menschen zu machen und nicht den Menschen zum richtigen Schauspieler. Der Schauspieler ist für ihn immer interessanter als seine Rolle, und das Zauberwort für den Einstieg heißt Entspannung. Die macht es möglich, nichts anderes zu wollen als einfach nur ganz da sein. Tabori nennt das gerne »wahr sein«. Er selbst, der schreibende Sohn, wird in dem Stück von seiner couragierten Mutter »geliebter Lügner« genannt. Als Vorspiel gibt es das Warm-up.

Zurückgehen ins eigene Kindsein, zurückgehen zur Mutter. Und weil ich nun die Mutter vertrete, werde ich das Spiel anführen, und die Gruppe nimmt meine Impulse auf und spiegelt sie im Chor wie ein Echo. Der Körper erinnert sich:

An die erste Ausstoßung aus der Mutter …
Ans Größer- und Großwerden …
Komm, komm, hab keine Angst …
Halt! Vorsicht! Pass auf!

Schau nicht um, der Fuchs geht rum, es geht ein wildes Tier herum …
Ach wie gut, dass niemand weiß, dass ich Rumpelstilzchen heiß …

Sich erinnern ans Mehr-und-mehr-Erwachsenwerden:
dem Standard des Erwachsenseins genügen

Vernünftig sein
Sich immer grade halten
Wer wird denn da weinen
Aufhören mit dem Herumalbern
Das tut man nicht!
Was sollen denn da die Leute denken!
Wir wollen nur dein Bestes

Warte, bis du selbst Kinder hast
Das Wichtigste ist ein ordentlicher Beruf.

Aber auch das Ausbrechen aus der Norm:

We're gonna rock / around the clock / tonight
Imagine no posessions, no need for greed nor hunger
You may say that I am a dreamer but I am not the only one
I can't get no satisfaction … Born to be wild
Freedom's just another word for nothin' left to lose.

Mehr und mehr fische ich aus dem Teich des Selbsterlebten. Einmal höre ich eine Zuschauerin sagen: »Also, dass die Schygulla so etwas macht, das ist ja irgendwie schamlos«. Daraufhin habe ich das öffentliche Warm-up erstmal verweigert, aber nicht lange, dann überwinde ich den Anfall von Zaghaftigkeit.

Der Kritiker Peter von Becker schrieb: Hanna Schygulla »ging durch das Stück mit einer wunderbaren tagträumerischen Konzentration, war eine unbeirrbare, nie ganz Verzweifelte.«

Zur selben Zeit sind es auch die Aufzeichnungen von Unica Zürn, die in meinem Kopf herumspuken. »Schlafen Sie im Kabinett Ihrer Sonnengeflechte«, sagt da ein Doktor Mortimer zu seiner schizophrenen Patientin. Es wird nichts werden mit dem ersehnten Neuanfang Fassbinder-Schygulla. Kurz vor Drehbeginn von *In der nahen Fremde* kommt die traurige Nachricht. Armin Meier, das Jungbornfindelkind, der bairische James Dean und Fleischergesell, der so ungleiche Gefährte

Stills aus meinem Video *Traumprotokolle* von 1979

Fassbinders, hat sich das Leben genommen. Daraufhin macht Fassbinder einen ganz anderen Film: *Ein Jahr mit dreizehn Monden*. Aus der Traum! Es waren zwei Königskinder, die konnten zusammen nicht kommen, das Wasser war viel zu tief.

Selbermachen statt Ausrasten, raten mir die Nachbarn in der Künstler-WG am Peterskirchener Pfarrhof. Ich kaufe mir eine Videokamera und tauche ab in die Wasser meines eigenen Unbewussten. Ich finde das Material in den Protokollen meiner Träume, so wie ich sie zeitweilig morgens aufgeschrieben habe und jetzt mit offenen Augen vor meiner Kamera noch einmal erleben werde. Dieses Material ist auch Dichtung, aber es ist eben nichts Ausgedachtes. Also brauche ich mir nicht die Frage zu stellen, ob es erzählenswert ist. Das sind Botschaften an uns selbst, die sich unserer Kontrolle entziehen. Was wollen sie von uns? Wir sind alle Dichter, wenn wir schlafen und träumen.

Zu selben Zeit ruft Beuys seinen erweiterten Kunstbegriff aus: Jeder Mensch ist ein Künstler. Und auch wenn ich manches vielleicht nicht so ganz verstehe, seine Metaphern prägen sich mir ein: die Honigpumpe als Kunst und die Kunst als Honigpumpe, und das »Zeige Deine Wunde!« Die eigenen Kriegsverletzungen hält er unter dem Filzhut schützend verborgen. Die schamanische Ansammlung von Spurenelementen seiner Existenz, die er zum Thema macht, gibt auch mir den Anstoß, manches nicht achtlos wegzuschmeißen, sondern als hieroglyphischen Teppich meines flüchtigen Lebens auszubreiten oder einzukleben, oder wie auch immer mein Bewusstsein daran aufzuladen. Beuys, der Kunstguru, Aktionist und Mitstreiter der Grünen, der für sich nichts wollte und alles für das soziale Kunstwerk … Staunend gewöhnen wir uns an die Bausteine seiner Zeichenwelt. 1982 die Documenta in Kassel mit den Hunderten von Basaltblöcken und den einzupflanzenden Bäumen, die Skulpturen aus Fett und Talg, die ausrangierten Zinkwannen, Anatomiebahren und Vitrinen, gefüllt mit Alltag … ganz im Gegensatz zu seinen zarten Tier- und Menschzeichnungen. Als Beuys im Guggenheim Museum in New York ausstellt, sehe ich vom Hotel am Central Park aus die Amerikaner für *Maria Braun* Schlange stehen, und Werner Herzog ist der Dritte im Bunde, der die New Yorker das Staunen lehrt. Eine deutsche Welle ist über den Atlantik gerollt und die *Village Voice* setzt uns aufs Titelblatt.

In Interviews werde ich gefragt, was denn meine »method for acting« sei?

Ich sage, auch weil es sich so schön reimt: Acing is reacting. Mehr weiß ich auch nicht und will es auch gar nicht so genau wissen. Alle Ratschläge, die ich mir und den anderen geben könnte, gelten nicht nur für die Fiktion, sondern genauso gut für das Rollenspiel im Leben:

Lass Dir Zeit zur Empfindung. Fühlen ist auch Mitfühlen.

Vergiss erste Impulse nicht.

Pausen sind wichtig, nicht immer nur Tun.

Lass den Körper handeln, noch bevor Du ihm Deinen Willen aufzwingst.

Bis an die Grenze der Peinlichkeit gehen.

Lass Dich gehen, ohne Furcht, zu weit zu gehen.

Geh mit der Stimme in die Tiefe, bis sie die tiefste Schicht berührt.

Sei mit dem beschäftigt, was Du tust, und denke nicht an die Wirkung.

Betrachte die Wirklichkeit als wäre es ein Traum … und den Traum wie eine andere Art von Wirklichkeit

»Träumen …träumen … träumen, ich sei eine Andere und diese Andere in allen Einzelheiten erträumen.

Zuerst ein Herz erträumen, das schlägt, von der Größe einer geballten Faust, ein Granatapfel im Inneren eines menschlichen Körpers noch ohne Gesicht und ohne Geschlecht, und dann den ganzen Menschen erträumen, aber der kann noch nicht die Augen auftun noch den Mund.

Ihn Tag für Tag und Nacht für Nacht schlafend erträumen, bis er sich eines Tages zitternd erhebt.

Und ihn dann Schritt für Schritt der Wirklichkeit übergeben.« (frei nach Jorge Luis Borges: *Die kreisförmigen Ruinen*)

Verpuppungen

Eigentlich war ich aus dem Spielzeugalter schon längst heraus, als ich in Russland in mehrfacher Ausführung eben die Puppe geschenkt bekomme, die mein Gefühl von Dasein ausdrückt, auch wenn ich zunächst ihr kitschiges Äußeres belächle. Es ist die Matrioschka. Du öffnest ihre Mitte und da steckt in der großen Puppe eine kleinere und in der kleineren eine noch kleinere und das bis hin zur sechsten Puppe, der ganz kleinen … und alle sind sie weiterhin in der großen enthalten.

Einst war ich in meiner Mutter drin
und jetzt ist meine Mutter in mir drin.
Einst war ich ein Neugeborenes
und manchmal bin ich wieder wie neugeboren.
Einst war ich noch ein Kind
und manchmal bin ich wieder noch Kind.
Einst war ich endlich erwachsen
und manchmal bin ich wieder endlich erwachsen.
Einst habe ich zum ersten Mal geliebt
und manchmal liebe ich wieder wie zum ersten Mal.
Einst habe den Tod der anderen erlebt
und jetzt erlebe ich, wie der eigene immer näher rückt.

Vom Schwächling zum Kraftpaket

Als ich auf die Welt kam, hab ich so viel geschrien, dass meine Mutter hoffte, ich sei verwechselt worden mit einem anderen der vielen Säuglinge auf der Station. Vom vielen Bauchweh entkräftet, war ich anfangs schwächlicher als die anderen. Aber dann habe ich schnell aufgeholt. Auf allen vieren soll ich von einer Wohnung zur anderen gerobbt sein, um Ursula abzuholen, das polnische Schulmädchen im Haus, die mich so gerne im Kinderwagen ausfuhr. Diese Fähigkeit, rasch zu neuen Kräften zu kommen, ist mir bis heute geblieben. Im Panikkessel der langen Flucht von Oberschlesien gen Bayern soll ich im Gegensatz zu den anderen Schreihälsen ein Ruhepol gewesen sein. Später hat meine Mutter mit einer Sonnenfrisur die sonnige Seite meiner Natur unterstrichen. Diese konnte aber auch jäh in Wut umschlagen, wenn mir jemand den Stift aus der Hand nahm, um mir zu helfen, meine Zeichnung fertigzumachen. Das wollte ich ganz alleine tun. Auch später wird Fassbinder einmal ironisch bemerken, man müsse Frau Schygulla eben immer das Gefühl geben, sie habe es selbst entwickelt.

Vom Möchtegern-Bub zur Westentaschen-Diva

Einmal hat meine Mutter mir eher so nebenbei gesagt, mein Vater hätte sich eigentlich mehr einen Sohn gewünscht. Vielleicht kommt es daher, dass ich immer hinter den Jungs her war. Ich wollte auch so mutig sein wie die starken Buben mit ihren kriegerischen Spielen. Im Fasching verkleidete ich mich als

»damischer Ritter« mit Sepplhut und Wattebart und Lederhosen und dem Aschentonnendeckel als Schild. Schon früh habe ich gewusst, dass ich besonders mutig sein musste, weil ich besonders viel Angst hatte.

Als Marienkäfer in dem Kostüm, das meine Mutter mir schneiderte, 1950

Eines Tages stand eine dunkelgrüne Tischtennisplatte auf unserem Münchner Hinterhof, der umstellt war von gähnenden Ruinen. Die Tischtennisplatte reichte mir gerade bis zur Nase. Ich war noch zu klein, um die Bälle über das Netz zu schmettern. Aber ich wollte es mir nicht nehmen lassen, diejenige zu sein von allen, die den ins Aus geschmetterten kleinen weißen Ball aus dem Dunkel der Ruinenlöcher immer wieder nach oben holt.

Bei der Heiligen Erstkommunion schleiche ich mich fort aus der Familienfeier und nichts wie runter in den Hof, um mit den Jungs Fußball zu spielen, weißbestrumpft und weißbeschuht, und die Korkenzieherlocken federn mit. Von wem das Kind das nur hat, dieses »Aus-der-Rolle-Fallen«? Nach meinem ersten Adventsauftritt als Engel in der Aula unserer Schule verkleidet mich meine Mutter als kleinen Teufel, weil das Rot-Schwarz mir so gut steht. Oder hatte sie noch andere Gründe? Mein nächstes Faschingskostüm, wieder in Rot-Schwarz, ist dann allerdings ein sehr mädchenhafter Marienkäfer, der so manchen kleinen Jungen anlockt, weil er auf die Tschikola »spinnt«, wie wir Kinder damals sagen, wenn wir

Verliebt-Sein spielen, und ganz wichtig sind die vom Pfeil getroffenen Herzen, die es in Kreidegraffiti von Hauswänden und Pflastersteinen künden. Doch bald schon ist dann die schöne Unbefangenheit weg. Bald schon kommt die Leistungsangst zum Zug. Bei der Aufnahmeprüfung in die Oberschule bin ich so aufgeregt, dass mir die Zahlen vor den Augen schwimmen. Statt 4,5 lese ich 4/5. Ist es die Angst, zu versagen, oder mein starker Astigmatismus, der mir einen Strich in der Rechnung vorgaukelte, wo eigentlich gar keiner war.

Die Lehrerin, die die Oberaufsicht hat, gibt mir eine zweite Chance. Sie hat einen großen Kopf und einen zwergenhaften Körper, ganz hohe Hacken und ganz rote Lippen und ganz dicke Brillengläser, und dahinter ihr wissender Blick. Den hatte sie auf mich gerichtet, auch während der folgenden Schuljahre. Manchmal darf ich sie später auch zuhause besuchen. Weiter bleibt die komische Angst, zu versagen, gerade darin, wo ich besonders gut bin. In der Musik zittert die Stimme beim Vorsingen, und auch beim Schreiben von Aufsätzen, da sind die anderen schon halb fertig und ich sitze immer noch vor dem leeren Blatt mit hochrotem Kopf, bis es plötzlich aus mir herausbricht, kaum dass ich mit den Buchstaben nachkomme. Dennoch, eigentlich bin ich gerne zur Schule gegangen, aber noch lieber mit meiner Schulfreundin nach der Schule an mein Fahrrad gelehnt an den Ecken herumgestanden, und wir haben stundenlang geredet, über Gott und die Welt und den Sinn des Lebens und ob es so etwas überhaupt gibt. Einmal hat unser gestrenger Lehrer aus der Biologie im Vorübergehen kopfschüttelnd »Westentaschen-Diva« gemurmelt. Es ist das erste Mal, dass mich jemand eine Diva nennt.

Später an der Universität, beim Schreiben der Abhandlungen für die Seminare, wird aus dem Zuviel ein Zuwenig an innerem Drang. Ich arbeite über Musils *Mann ohne Eigenschaften*. Ich fülle Seiten um Seiten mit blutleeren Analysen. Schon fühle ich mich selbst auch auf dem Weg zur Frau ohne Eigenschaften. »Wir haben keine inneren Stimmen mehr. Der Verstand tyrannisiert unser Leben«, schreibt Musil in diesem Werk. Meine innere Stimme, oder was davon übriggeblieben ist, flüstert: Abspringen! Aber wohin? Beim Jobben als Bedienung habe ich alles durcheinandergebracht. Eine andere Kellnerin steht mir zu Seite: Susanne Schimkuss. Sie stammt aus der unmittelbaren Umgebung meines Geburtsorts im fernen Oberschlesien. Von da an wird sie mir eine Freundin fürs Leben, spielte sie doch für mich, ohne es zu beabsichtigen, geradezu Schicksal. Sie war es, die mich aus dem Kellner-Fiasko in ihre Schauspielschule entführte, in der auch Fassbinder gelandet war, der nun schon zum zweiten Mal bei der Aufnahmeprüfung zur Filmschule durchgefallen war.

Dort übe ich mich darin, mich selbst neu zu erfinden. Wenn auch nur ein paar Wochen lang. Dann steige ich wieder herunter von diesem Sprungbrett und zurück zur Universität. »Mögen hätt ich schon wollen, aber dürfen hab ich mich nicht getraut«, sagt Karl Valentin. Er ist das Thema meiner Magisterarbeit und in Ergänzung zu seinem genialen Kauderwelsch studiere ich Sprachschöpfungen von Schizophrenen: »die Stadt ist etwas mehr als sonst erhellt. Die fernen Lieben nehmen auch ein Bad. Im Norden, wo der Schnee so häufig fällt, verlor ein Eisbär seinen Pfad.«

Doch einer bleibt mir auf der Spur und holt mich aus dem hohen Norden der Kopfregion in das Reich seiner permanenten Kreationen aus dem Bauch heraus, Rainer Werner Fassbinder, der mit der Wut und wilden Poesie im Blut: »Liebe ist kälter als der Tod und das Kino heißer als das Leben.« Mit solchen Sätzen knetet er Hefe in den Kulturteig, und fast immer hat er diese schwarze Lederjacke an: »Schützt sie die Seele, die Uniform, wenn ich dich quäle, hast du's doch gern.« (R. W. F.)

Ich habe es nicht gern, wenn er mich quält. Deshalb fasst er mich anfangs mit Samtpfoten an und fährt die Krallen bei den anderen aus. Ich mache die Augen zu, auch um mich besser hineinzuträumen in meine ersten Rollen, diese lebendigen Puppen, die beim Schütteln Ja sagen, gerade da, wo ich, als Amazone im Geschlechterkampf, gern Nein sage. Aber ich habe Geschmack gefunden am Traumwandeln in anderen Existenzen … und: Probieren geht über Studieren, vor allem, wenn es ohne die vielen Proben auch geht. So mancher Kritiker und manche im Publikum haben Geschmack gefunden an meiner neuen Version von Underground-Diva, die sich beharrlich selbst Anti-Star nennt.

Vom Anti-Star zum Wanderer zwischen den Welten

Knapp sieben Jahre nach der 68er-Kulturrevolution stehen die Zeichen nicht mehr auf Straßenkampf und Aufruhr. Statt »Macht kaputt, was euch kaputt macht!« heißt das Zauberwort inzwischen: Bewusstseinserweiterung. Selbst Rainer Langhans, der Kommune-Anarchist, wird zum Guru der Esoterik. Fassbinder möchte auch schnuppern. Er nimmt ihn mit ins Boot als Assistent bei *Effi Briest*. Mal sehen, was dran ist, an dem heiligen Gerede. Zur selben Zeit öffnet sich bei Karlheinz Böhm das Ohr für eine neue Sinngebung im kapitalistischen Leerlauf. Er ist ebenfalls mit von der Partie in der Welt der Jahrhundertwende des Theodor Fontane. Ich bin wieder mal auf dem Sprung zum Absprung. Diesmal brauche ich dringend Ferien von der Überpräsenz des Fassbinder-Kosmos. Ich höre von neuen Erfahrungen. Es geht um Selbsterfahrungsübungen in einem Sufi-Camp im holländischen Katwijk an der Nordsee. Ganz alleine finde ich schließlich den modernen Tempel, in dem der Meereswind durch die Spalten zwischen den Bausteinen seine eigene Melodie spielt. Zur Einstimmung in das von amerikanischen Sufis* geführte Erlebnis-Camp hat jeder eine halbe Stunde Zeit, das Wesentliche seines bisherigen Lebens zu Papier zu bringen. Ich schreibe:

»Mein Vater kommt aus der Arbeiterklasse. Am wohlsten ist ihm, wenn er sich selbst vergisst draußen in der Natur. Meine Mutter ist eine Bürgerliche. Sie möchte Jemand sein in der Gesellschaft. Die Ehe der beiden hätte es besser nicht gegeben. Aber dann hätte es mich auch nicht gegeben. Endlich

* Der ins 9. Jahrhundert zurückgehende Sufismus bezeichnete ursprünglich eine Strömung im Islam, die asketische, spirituelle und mystische Elemente in sich vereinigte und mit der Gründung von Sufi-Orden im 12. Jahrhundert auch religionspolitische Funktionen übernahm. Im 20. Jahrhundert fand eine den westlichen Bedürfnissen nach Sinnsuche angepasste Form des Sufismus weite Verbreitung (»universeller Sufismus«, Sannyasins u.a.). Sie arbeitet im Wesentlichen mit Meditation und verschiedenen sufistischen Therapien und Techniken.

war der verheerende Krieg offiziell zu Ende. Aber zwischen den beiden war er noch lange nicht zu Ende.

Ich, das Einzelkind und die Dritte im Bunde, saß zwischen drei Stühlen. Zuhause stand ich wie unter einem Bann der Lähmung. Doch kaum war ich draußen, explodierte in mir die Freiheit. Dieses Doppelleben holte mich verfrüht aus der Kindheit. Mit etwa sechs Jahren erwachte ich zu frühreifem Bewusstsein. Mir war nicht wohl in meiner Haut und ich fühlte mich dadurch auch hässlich. Meine Sehnsucht nach Liebe war übergroß. Aber meine Erfahrung darin war überklein. Um aus meiner Lage rauszukommen, habe ich auf Intelligenz gesetzt. Aber je mehr ich studierte, umso unlebendiger fühlte ich mich. In der Kunst leben, das müsste schön sein … Als Kind wäre ich am liebsten später Tänzerin geworden. So wollte ich die Lähmung wegtanzen. Aber dann fiel mir durch Zufall die Aufgabe der Darstellung zu. Allerdings konnte ich mich nicht richtig freuen über den Erfolg, den ich als Schauspielerin hatte. Ich fühlte mich zuletzt wie die vielfach übersprühte Rose im Schaufenster. Kann sie überhaupt voll aufgehen, bevor sie anfängt zu welken?«

Wo finde ich die Quelle der Freude in mir? Unter welchem Stein tritt sie hervor? Bei welchem Meister kann ich Antwort finden? Eigentlich weiß ich, dass ich mir die nur selber geben kann. Zunächst aber bleibe ich an den Übungen dran: Meine Gedanken vorüberziehen lassen wie Wolken, jenseits von Gut und Böse. Mich am Strand so lange um die eigene Achse drehen, den einen Arm wie eine Antenne gen Himmel gestreckt, den anderen nach unten gerichtet, bis das Meer und die Sanddünen auf der Drehscheibe Erde um mich herumrasen. Und eben in dem Moment, als ich abzuheben glaube, schmettert mich die Schwerkraft zu Boden. So lange in eine flackernde Kerze schauen, bis ihr Docht die Gestalten annimmt, die in mir geistern ... Doch dann wende ich mich ab von der Reise ins Innere und gehe zum Ausgleich in die umgekehrte Richtung.

Zusammen mit Sybille, der Weggefährtin aus den ersten Fassbinder-Zeiten, die mich eben noch mit Frisuren und Schminkstift in Effi Briest verwandelt hat, trampen wir als Späthippies einfach drauflos, quer durch die Staaten. Ausgangspunkt in New York ist das ziemlich runtergekommene Chelsea Hotel ... in Erinnerung an unsere damaligen Leuchtsterne Bob Dylan, Leonard Cohen, Jimmy Hendrix, Jim Morrison und die unvergleichliche Janis Joplin. Ach ja, so wie die möchte ich singen können. Begegnen werde ich dort Milos Forman, von dem ich weiß, wer er ist. Umgekehrt hatte er allerdings noch nie etwas von Fassbinder gehört. Trotzdem würde er mich gerne nach Washington mitnehmen, zum Zeitvertreib. Aber was soll ich dort, da lasse ich mich schon lieber mit Sybille treiben: zu den Bluesbars in New Orleans, Übernachten in einem Tipizelt in den Redwoodwäldern, oder wir nehmen den Highway 66 ganz wie im Pop besungen: »Just get your kicks on route sixty six«. Oder auch mal einen Abstecher machen ins Land der Hopi-Indianer. Durch einen Vergleich unserer Sprachfamilie mit der so ganz anderen der Hopi ist bei mir reichlich spät, aber doch, der philologische Groschen gefallen: Wir denken in den Bahnen unserer Grammatik. Im wichtigsten Buch meines Studiums, dem kleinen Rowohlt-Bändchen *Sprache, Denken, Wirklichkeit*, hat der Linguist Benjamin Lee Whorf mir diesen Erkenntnis-Kick beigebracht. Ein Landrover mit Hopi-Arbeitern bringt uns ins Hopi-Land. Aber da ist nichts als Staub und Plastik und Armut und Jahrhunderte der Unterdrückung. In New Mexico beugen wir uns über modernen Navajo-Schmuck, ausgebreitet auf der Plaza im schönen Santa Fe. Die Navajo-Indianerin mit dem schönen Namen Rain und ihre weiße Geliebte Laurie laden uns ein in ihr Adobehaus. Dort darf ich auch mal mit aufs Pferd und Peyote kosten, und als ich mich, aufgelöst in noch nie so gekannter Harmonie mit der Natur, fasziniert über das Insektentier beuge, das auf mich zugekommen ist, und ihm vertraulich über den Panzer streiche, sagt Rain nur: Achtung! Skorpion!

Als Rain mich im Gegenzug in Peterskirchen jenseits des bayerischen Inns besucht, gehe ich mit ihr zu den Stätten meiner Kindheit. Auf dem Wendelstein trinkt sie Schnee aus dem Himmelsbusen, und in Bayersoien finde ich den Teich meiner Sommerferien wieder, der auch nach dreißig Jahren noch da ist wie eh und je, auch wenn er jetzt, verglichen mit meiner Erinnerung, zur Pfütze geschrumpft scheint. Es ist das erste Mal, dass ich dorthin zurückkehre. Doch das hätte ich mir nie träumen lassen, dass ich das Ureigenste ausgerechnet mit dem Blick indianischer Fremdheit wiedererleben werde.

Die zweite »native American«, der ich wirklich nahekommen sollte, ist eine mexikanische Einwanderin der zweiten Generation vom Stamm der Yaqui-Indianer. Sie heißt auch schon ganz un-indianisch Sylvia und hat sogar etwas von einem erblondeten Waldelf. Bei ihr läuft es genau umgekehrt. Sylvia, die in Los Angeles bei Warner Brothers fest integriert war, kam durch mich zum ersten Mal mit ihren indianischen Wurzeln in Berührung. Dies geschah auf einer wochenlangen Reise durch Mexiko, wo ich nur ab und zu abgerufen wurde für meine Auftritte in dem Carlos Saura-Film *Antonieta*. Eigentlich wäre Sylvia Ambriz fast überall lieber hingefahren als ausgerechnet an den Ort, von dem sie und ihr Clan sich erfolgreich losgerissen hatten, um den langen Marsch vom Elend zum besseren Leben anzutreten. Aber dann habe ich sie angesteckt mit meiner Faszination für die Spuren der archaischen Vergangenheit der Menschheitsgeschichte, noch bevor der weiße Mann kam, sah und siegte …

Unsere Reise vom Norden Mexikos bis zur Maya-Halbinsel Yucatan wurde auch zum Jahr der Pyramiden. In Mexiko sind sie in Stufen angelegt, zum Aufstieg bis zur Spitze in Anbetung der Sonne … und ich, unermüdlich die eine Pyramide hinauf und wieder herunter und dann die nächste hinauf und wieder herunter. Das Kind Hanna, das beim Rauf und Runter der hühnerleiterartigen Rampe, die das kaputte Trittbrett des Flüchtlingszugs ersetzte, zum Bewusstsein erwacht ist, erlebte Wiederauferstehung in diesem ins Gigantische vergrößerten Auf und Ab. Im selben Jahr noch, nur ein paar Monate später, am Tag nach Beendigung des *Hellen Wahns*, dem Film von Margarethe von Trotta – es war in Ägypten, wo es ein Sakrileg ist, sich über die Pharaonengräber zu erheben –, werde ich dennoch bei Morgengrauen hinaufklettern, gegen ein Bakschisch dazu verleitet. Ich erlebe dort oben den Sonnenaufgang und werde außer mir vor Schönheit mitten im Abstieg über die hohen Quader ausgleiten, und hätte dabei um ein Haar mein Leben gelassen. Ein paar Wochen vorher war Fassbinder gestorben. Während ich mich im Fall zur Kugel rolle, die zur Pyramide gedreht wie ein Ball an den Stufen abfedert, denke ich: Jetzt holt er mich, der Rainer …

Vom Glamour zur Altenpflege

Fassbinder und ich waren vor dem Todes-Fall auf dem Gipfel unseres Erfolgs angekommen. Berühmtheit ist magisch, aber sie hat auch ihren Fluch. Einmal höre ich Fassbinder sagen: »Das Schlimmste ist, dass die Leute in meiner Gegenwart nun nicht mehr so sind, wie sie wirklich sind.« Öfters werde auch ich gefragt, wie ich denn mit der Berühmtheit umgehe. Ich antworte meistens etwas von … da hineinwachsen. Das sei wie mit den Siebenmeilenstiefeln, besser eine Nummer so groß als zu klein. Was ich nicht sage ist, dass ich auch das umgekehrte Gefühl kenne: Wenn man von mir zu viel erwartet, habe ich Angst, ich könne die Erwartung nicht erfüllen.

Aber könnte ich auch ohne meine Karriere leben? Manchmal möchte ich es, aber könnte ich es auch? Die Antwort darauf wird mir das Leben selbst geben. Ein Jahr nach Fassbinders Tod bekomme ich in Cannes die höchste europäische Trophäe für Schauspieler. Ich bekomme sie für *Storia di Piera*, einen italienischen Film. Er ist von Marco Ferreri. Die zierliche Ansteckpalme vergoldet die Besonderheit unserer Begegnung.

Ich kreise in der Umlaufbahn des europäischen Films. Doch dann, mitten auf diesem neuen Höhepunkt, stürzt meine Mutter in die Hilflosigkeit des Alters ab und wird zu meinem Kind,

Mit Bettina Grühn als meine Tochter in *Die Geschichte der Piera*, 1983, Filmstill

Die Geschichte der Piera von Marco Ferreri, 1983, Filmstill

dem Kind, das ich bis jetzt nicht bekommen habe, und ich begleite sie die nächsten acht Jahre zurück zu den Anfängen des Lebens, die dann wieder an seinem Ende stehen.

In dieser Lage suche ich nach Helferinnen. Eine polnische Helena taucht auf im Umfeld der Spätaussiedler meiner Verwandtschaft. Sie nennt sich eine Ärztin aus Oberschlesien, aus einer der Trabantenstädte von Kattowitz. Woher sie wirklich kam, wollte sie nicht sagen, wohl um keine Schuldgefühle aufkommen zu lassen. Sie kam aus Auschwitz. Eines Tages hat sie Gelegenheit, meinem Vater das Leben zu retten. Gerade entspanne ich mich, mit meiner Mutter innig verschlungen, auf dem Sofa im Wohnzimmer, als mein Vater über dem Küchentisch lautlos zusammenbricht. Unsere Helena, die schon Ausgang hatte, kommt nochmals unerwartet zurück, um etwas Vergessenes zu holen. So kann sie Alarm schlagen, und mein Vater kommt in letzter Minute in der Ambulanz mit dem Leben davon. Meine Mutter ist längst gestorben, und auch Helena ist aus unserem Blickfeld gerückt, da höre ich meinen Vater sagen, sie sollten doch endlich aufhören mit dem ewigen Auschwitz, Auschwitz, Auschwitz – und jetzt errichten sie auch noch ein Monument mitten in Berlin! Es war nicht der erste solcher Sprüche, aber es wird der letzte sein. Da platzt in mir die Schamblase über das unbetrauerte Ja meines Vaters zum Nazispuk, und ich fange an so stark zu schreien, dass unsere vier Wände zu eng werden, und laufe durch die Sträßchen des Vororts von Münchens, der sehr passend auch noch Zorneding heißt, bis ich mir die Seele aus dem Leib geschrieen habe, wie man bei solchen Ausbrüchen sagt. Eigentlich war es ja umgekehrt. Ein dicker Pfropfen ging knallend hoch und hat der Seele den Zugang zu neuen Gefühlen freigegeben. Diese Lava war gut für den Boden. Seitdem begann der misstrauische Status quo einem dauerhaften Frieden zwischen mir und meinem Vater zu weichen. Mehr und mehr findet er zu seinem inneren Gleichgewicht, auch wenn er beim Gehen mehr und mehr schwankt. Also gehen wir die nächsten zehn Jahre Arm in Arm durch den Ort, und die Kinder kommen und fragen: »Sag mal, ist der Opa Dein Mann?« Der Opa ist inzwischen schon über neunzig, und entweder sehe ich neben ihm so alt oder er neben mir so jung aus. Und was ist mit der Karriere?

Die lasse ich links liegen. Nicht dass es ein großer Entschluss gewesen wäre. Ich konnte nicht anders. »Think with your heart« steht auf Porzellan geschrieben über der Spüle meiner Küche, und dieser Satz verwirklicht sich nun, Tag für Tag. Im Buch der Unruhe des Melancholikers Pessoa steht: Wenn das Herz denken könnte, würde es stehenbleiben! Aber solche Unruhe und Melancholie kann ich mir nicht leisten in einer Zeit, in der ich versuche, zwei Leben in einem unterzubringen, eine doppelte Dosis an möglichst glücklichen Tagen in Paris und auch in Zorneding ... Trotz alledem!

Immer hat das Wort Trotzdem in meinem Leben eine Hauptrolle gespielt.

Vom »Ich war einmal« zum »Ich bin«

In zwanzig Jahren hat sich meine Karriere aufgebaut, und in den nächsten zwanzig Jahren ist sie wieder verblasst. Aber so ganz in Vergessenheit gerate ich doch nie. Die Leute sagen nur,

»es ist so still geworden um Sie«, und schauen mir dabei ins heitere Gesicht. Seltsamerweise hatte ich immer diese Traurigkeit im Blick, auch wenn mir das Glück lacht. Doch seit ich durch so manches Nadelöhr im Leben ging, wurde der Blick immer lichter. Ab und zu kommen die Leute und sagen: Wenn Sie wüssten, wie ich Sie damals gemocht habe … oder … Ist Ihnen eigentlich klar, was Sie bedeutet haben!

Da würde ich mir am liebsten die Ohren zuhalten und weglaufen aus einer Gegenwart, die mich zum »Has-Been« macht. Manchmal habe ich es auf der Zungenspitze: Hallo Leute, danke für die Blumen, aber mehr noch zählt für mich das HIER und JETZT. Lassen Sie mich heruntersteigen von diesem Podest und barfuß hinauslaufen aus dem Nebel der Ikonenverehrung … Aber dann, wenn ich in leuchtende Augen mir gegenüber schaue, gelingt es mir doch, noch einen Schritt weiter zu gehen. Ich nehme auch den Nimbus des Gewesenen unter meine Fittiche und freue mich, nicht vergessen zu sein, und kann darauf verzichten, es lauthals auszusprechen, dieses ICH BIN … sonst nichts …

Warum ich auf der Welt bin?

Was für eine Frage! Wer könnte darauf eine Antwort geben? Sieben Kinder aus aller Welt zwischen sieben und dreizehn tun es.* Sie mögen schwierige Fragen. Sie haben keine Angst vor ihren Worten. Sie nehmen das, was ihnen auf die Zunge kommt. Sie haben zuerst im Sandkasten gegraben und dann ihre Welt geknetet. Sie sind noch nah dran.

Wann habe ich mir denn zuletzt diese Frage gestellt … gestern … vorgestern … oder damals, als ich im Rollstuhl saß? Habe ich sie schon abgeschoben in die Ecke des Unbeantwortbaren? Oder glaube ich das nur, und sie geistert weiter in mir in versteckter Form? Wann habe ich mich wieder einmal überflüssig gefühlt? Wann ist sie mir zuletzt abhanden gekommen, die pure Freude am Leben?

Sie sei auf der Welt, weil die Welt so schön ist, sagt ein griechisches Mädchen auf ihrem Gang über die Meeresklippen von Kreta. Die kleine Bulgarin sagt, während sie mit lockerer Hand am Schlagzeug die Rythmen perlen lässt wie eine Große, sie fände, Leben ist einfach toll, besonders, wenn man lacht … und wenn man traurig ist, dann würde es schon wieder etwas geben … und dann trommelt sie weiter.

Der Junge aus Berlin schaut auf die funkelnden Eisstücke, die als Vorboten des Frühlings auf der Spree an ihm vorbei-

* In dem 2010 entstandenen Dokumentarfilm *7 oder warum ich auf der Welt bin* von Antje Starost und Hans Helmut Grotjahn.

ziehen, und sagt: »Der Mensch kann Knospe und Blüte sein oder Kälte und Eiszeit. Er kann die Welt zerstören, aber er kann sie auch wieder aufbauen.« Dann steigt er in einen Baum und schaut in die Weite, und als Letztes steht im Raum sein Satz: »Aus meiner Sicht bin ich auf der Welt, weil ich versuchen soll, die Welt besser zu machen.«

Ein kleiner Franzose meint, er sei auf der Welt, weil seine Mama und sein Papa das Glück miteinander gefunden haben, und auch er sei hier, um das Glück zu finden. Aber er wüsste noch nicht, was sein Glück sei. Vor einem Erdhaufen bleibt er stehen und meint, er wäre gerne eine Ameise, denn die Natur gibt es auch ohne den Menschen, und dann – es kommt ihm nicht leicht über die Lippen, aber es kommt –: jetzt gäbe es bald nur noch die zwei Möglichkeiten: »Entweder die Erde stirbt an der Vergiftung oder sie stirbt nicht, weil der Mensch mit der Vergiftung aufgehört hat.«

In *Der Diplomat*, einem anderen Dokumentarfilm desselben Teams, kann man die Welt mit den Augen eines alten Mannes betrachten. Und was für Augen! Es ist Stéphane Hessel, der mit 93 Jahren zum Bestsellerautor wurde. Sein Pamphlet *Empört Euch!* ging um die Welt und hat die Jugend in Zelten vor Regierungsgebäuden ausharren lassen. Sie wollen Signale setzen, Signale ihrer Auflehnung gegen den Lauf dieser Welt. Stéphane Hessels Mutter war das Urbild für Jeanne Moreau in *Jules und Jim*, ein Film, der auch meine Jugend mit Phantasien über die Freiheit der Liebe beflügelt hat. Diese Mutter hat ihrem Kind als erstes Gebot fürs Leben den Satz mitgegeben: »Sei glücklich!« Der Sohn hat dann diesen Satz ein Leben lang so gut beherzigt, dass es ihm sogar gelingen konnte, Buchenwald zu überleben, denn:

»Alles geben die Götter, die unendlichen,
Ihren Lieblingen ganz,
Alle Freuden, die unendlichen,
Alle Leiden, die unendlichen, ganz.« (Goethe)

Ja, es gelingt ihm sogar, zu verzeihen. Es sei schlimmer, Böses zu tun, als es zu erleiden … Deshalb kann sich Stéphane Hessel am Schluss des Filmportraits als strahlender Greis im Tangoschritt auf die Kamera zubewegen und zwar auf demselben Weg, entlang der langen Mauer des Friedhofs Montparnasse, wo er einst von der Gestapo verhaftet wurde. Das war sein Einfall. Er tat es in Eigenregie. So einer kann ein halbes Jahrhundert später das Verhängnis noch einmal leichten Fußes durchtanzen. So ein Mensch wie er werden …

Ich lese vor Publikum aus *Ô ma mémoire*, dem Band mit Gedichten, die ihm unentbehrlich waren. Stéphane Hessel kannte sie auswendig, denn »wenn es dir schlecht geht, weil du Hunger hast oder geschlagen wirst … und du kannst ein Gedicht abrufen … dann gibt es dir das Menschsein zurück. Du bist nicht nur einer, der leidet, sondern auch einer, der immer noch die Kraft hat, an etwas Schönes zu denken«. Hessel nimmt 88 Gedichte in sein Buch auf, in seinen drei Sprachen, Deutsch und Französisch und auch Englisch. Auch wenn es ursprünglich noch mehr sein sollten, entscheidet er sich für die zweimal Acht und die Unendlichkeit, die in dieser Zahl kreist. Seine Gedichte brauchen einen langen Atem. Dann heben sie dich wie freigeistige Rosenkränze über deinen Standort hinaus. Eben habe ich das Edgar Allan Poe-Gedicht *Der Rabe* vorgelesen. Ein Blick in die Gesichter der Zuhörer zeigt mir, dass sie mitgehen mit den sechzehn Strophen, die spannend sind wie ein metaphysischer Krimi: Aus dem Dunkel der Mitternacht lässt ein herbeigeflogener Rabe auf alle Fragen nach Trost aus dem Jenseits oder dem ersehnten Balsam des Vergessens nur ein krächzendes »Nimmermehr« ertönen. Dennoch hat das innere Aufsagen dieses Gedichts Hessel, dem zum Tode Verurteilten, geholfen, eine seiner schwärzesten Nächte im KZ zu überstehen. Gottes Wege sind verschlungen, auch für den, der nicht an ihn glaubt.

Hessels Gedichte sind lange Gedichte. Meine Gedichte sind kurze Gedichte … und selbst da sind es nur Fragmente, die ich auswendig kann. Es sind kleine Inseln im Bewustsein: »Stell Dir vor, dass das Wachen nur eine andere Art des Träumens ist, das davon träumt, dass es nicht träumt.« (Borges)

»Und meine Seele spannte weit ihre Flügel aus, flog durch die stillen Lande, als flöge sie nach Haus.« (Eichendorff)

»Wer wenn ich schrie, hörte mich denn aus der Engel Ordnungen? und gesetzt selbst, es nähme einer mich plötzlich ans Herz: ich verginge von seinem stärkeren Dasein.« (Rilke)

»Die Liebe mit einem biegsamen Band messen, das eine Ende an einem Berg befestigt, das andere verankert im Wind.« (Dulce Maria Loynaz)

»Nimm's von den Pflaumen im Herbste, wo reif zum Pflücken sind. Und haben Furcht vorm mächt'gen Sturm und Lust auf'n kleinen Wind.« (Brecht)

Was ist passiert? Eben noch war ich jung gewesen! Schon

bin ich Pflaume im Herbste. Doch meine Jugendzeit, das war Sturm und Drang und Revolution. Wir, die Nachkriegsgeneration, die Antiautoritären, wir wollten uns wehren. Wir wollten keine Mitläufer sein. Wir wollten auf die Straße gehen und Nein schreien. Und abends in die Kneipen, ein paar Münzen in die Jukebox geworfen, und da kamen sie, unsere Lieblingslieder, und alle redeten sie auf Englisch, auch wenn wir tagsüber lauthals gegen den Yankee-Imperialismus anschreien und gegen die Tyrannei des Big Money. Doch abends geht dann die Stimmung hoch mit:

Sympathy for the devil (Rolling Stones)
We don't need no education,
we don't need no thought control
No dark sarcasm in the classroom
Hey, teacher, leave us kids alone (Pink Floyd)
Born to be wild! (Steppenwolf)
Sitting on the dock of the bay (Otis Redding)
All you need is love … Dadaradada (The Beatles)

Was ist geworden aus diesem *Dadaradada* der Sprüche unserer antiautoritären Generation? Was ist geworden aus den vielen Ausrufungszeichen? MAKE LOVE NOT WAR! Nun haben wir in Europa schon über ein halbes Jahrhundert keinen Krieg mehr! Aber lieben wir unser Europa? Und welches Europa könnten wir lieben? WE SHALL OVERCOME! Solange die oberste Macht, das Geld, nicht entthront ist, kann Obama hundert Mal sagen: Yes we can. Entscheidendes ändert sich nicht. MACHT KAPUTT, WAS EUCH KAPUTT MACHT! Eine Zeit zum

Steinewerfen und eine Zeit zum Steinesammeln ... so sagte schon Salomon. Allerdings hat der lange Marsch durch die Institutionen in so manchem kugelsicheren Bonzenwagen geendet. SEIN STATT HABEN! Einfach nur sein ... nicht mehr und nicht weniger, das ist der Stein des Weisen! Aber dann habe ich trotzdem bei Zeiten in den anderen Stein investiert, in den Stein meiner Bleibe, denn vom Ruhestandsgeld könnte auch ich nicht leben! ES GIBT KEIN RICHTIGES LEBEN IM FALSCHEN! Die Wolken, die Luft und das Wasser kommen überall hin, da können wir noch so konsequent Bio essen.

Auch unsere Wünsche kommen mit uns in die Jahre. Doch auch diese altgewordenen Wünsche können sich an unserem Lebensbaum weiter verästeln. So kehrt sie nun wieder, die Lehrbeauftragte, die ich nicht geworden bin. Es klingelt. Unten steht der Abgesandte der Hochschule für Gestaltung in Genf. Es ist jetzt schon das zweite Angebot für eine Lehrstelle fürs kommende Semester. In der Schule habe ich oft statt Lehre ... Leere geschrieben, aber die Lehrer haben es nicht übel genommen.

Der Hochschuldirektor sagt: »Machen Sie uns einen Vorschlag. Wir sind offen.« Ich mache einen Vorschlag: ein Ausflug in die Schule des Sehens durch das »andere Sehen« eines Blinden, der dazu noch Photograph ist: Eugen Bavcar*. Er macht das Unmögliche möglich. Ich habe ihn vor zwei Jahrzehnten ken-

* Eugen Bavcar wurde 1946 in Slowenien geboren. Mit zwölf Jahren verletzte er sich erst das linke, wenig später auch das rechte Auge und erblindete. Seit seinem 16. Lebensjahr photographiert er. Er studierte in Lubljana Geschichte, anschließend Philosophie in Paris, wo er seitdem lebt und arbeitet. Seine Photographien werden europaweit ausgestellt, auch veröffentlichte er zahlreiche Bücher, die z. T. ins Deutsche übersetzt wurden, u. a. *Das absolute Sehen* (Suhrkamp, Frankfurt/M., 1994).

nengelernt. Ein gemeinsamer Freund hat über ihn ein Fernsehportrait gemacht. Ich war Eugens Model, als er vor laufender Kamera photographiert. Über unsere erste Begegnung schrieb er: »Unter dem Dokumentarkamera-Auge fühlte ich meine Hände leicht zittern, als ich die Linse meiner Kamera, meines technischen Auges, auf sie richtete. Aber in Wirklichkeit hatte mein drittes Auge, das die Dunkelheit meiner schwierigen Existenz durchdringt, sie schon wahrgenommen. Berührt von etwas Unmittelbarem, das von ihr ausging. Als sie sagte, sie habe sehr wohl das Gefühl, dass ich sie sehe, habe ich gefühlt, dass es zwischen uns die unüberwindbare Barriere zwischen dem Sichtbaren und Unsichtbaren nicht gab.«

Mit Eugen Bavcar, Paris 1992,
Photo Lillian Birnbaum

Eugen darf in bestimmten Museen die Statuen betasten. Wenn sie zu groß für ihn sind, stellt der begleitende Freund ihm den Gestus der Statue nach. Ich werde das bei Gelegenheit für ihn tun, und die Schüler werden es filmen. Es wird ein kurzer Film werden über den langen Weg des tastenden Sehens. Auch der ungläubige Thomas musste die Wunde des Erlösers berühren, um glauben zu können, dass sie wirklich war. Eugen hat sich in diese Geschichte vertieft: In einer Welt der fließenden Grenzen zum Virtuellen kann der ungläubige Thomas zum Pionier der ersten Wirklichkeit werden. Ich spreche von der ersten Wirklichkeit, denn die folgenden vielfach ineinander existierenden Wirklichkeiten sind für unsere Augen oft unsichtbar.

»Viel Glück« …, mit Fassbinder in *Die Ehe der Maria Braun*, 1978, Filmstill

»Beauty is in the eye of the beholder.« Beim Betrachten ist es nicht das Was, es ist das Wie. Lassen wir die Kamera-Augen einer Schülergruppe auf dieselbe Situation schauen und dann vergleichen wir … und betrachten das Sehen selbst. Mein Vorschlag gefällt. Der Mann der Hochschule ist zufrieden. Zum Schluss möchte er noch ein paar meiner kurzen Filme sehen. Er mag die Kürze mit Würze. Dann fragt er noch: »Glauben Sie, der Fassbinder wäre erfreut zu sehen, welchen Weg Sie gehen?« Und da weiß ich zuerst nicht, was ich sagen soll, und dann denke ich wieder einmal an die kleine Szene aus *Maria Braun*, in der er, der Schwarzhändler, mich nach unserer Tauschaktion mit einem Handkuss verabschiedet und fürs weitere ein »Viel Glück« hinterherschickt.

Am Abend rufe ich Eugen Bavcar an. Er ist nicht in Paris in seiner bienenwabenartigen Behausung. Er ist gerade in Slowenien, in seinem Heimatdorf, wo er jedes Jahr Ende Mai den

Gesang der Nachtigallen auf Tonband aufnimmt. Auch ihm stelle ich die enorme Frage: Warum bist Du auf der Welt? Zuerst lacht er. Dann begeistert er sich an der Frage. Dann möchte er erst noch ein paar Tage nachdenken … doch dann sagt er nur: »Ich bin auf der Welt, damit Ihr das Licht nicht vergesst … und Du?«, fragt er zurück. »Ich?«, sage ich leicht verlegen. »Ich könnte hin und wieder die sein, die das Licht der Flamme mit anfacht … mit dem Wind meines Atems.«

In Frankreich spricht man von »la flamme sacrée«. Wir haben diese Flamme in uns, wenn wir auf die Welt kommen, und dann müssen wir darauf achten, dass sie nicht wieder ausgeht. Wir müssen sie beatmen: Hah … Hah … Hah … Hah … Hah … Hanna. Verständlich, dass mir etwas fehlt, wenn die Franzosen der Einfachheit halber nur … Anna … sagen.

Ende gut, alles gut

21. Juni 2013. Wer nicht schauen kann, der hört umso besser. Unter dem Dach meines Regenschirms streift mich auf der Rue Saint-Antoine der Satz: »Sur cette terre tout a finalement une solution« – auf dieser Welt hat schlussendlich alles eine Lösung. Mit anderen Worten: ENDE GUT, ALLES GUT! Es ist das Motto meines Lebens, das an dem Tag, an dem ich das letzte Kapitel dieses Buches »angehen« möchte, an mir sozusagen zu Fuß nochmal vorbeiläuft.

Am Abend dieses Tages ist Paris eine Art Simultanlautsprecher für Tonspuren der verschiedenartigsten Musiken. Es ist der Tag der »Fête de la musique«. Jeder, der kann und will, macht auf der Straße Musik und findet sein Publikum. Ich gehe wie immer um die Ecke zur Place des Vosges. Sie ist gesäumt von Arkadengewölben, ein idealer Resonanzraum für Klänge. Nach den ersten Schritten schon treffe ich auf eine Menschentraube, die sich um das »Lullaby of Birdland« gebildet hat. Die Stimme einer schwergewichtigen Sängerin schwingt sich in diesem Wiegenlied mit einer Jazzimprovisation auf ins Land der Vögel, und um sie herum swingen die Hüften. Daneben ein Chor, ganz Weltraum aus Kopf und Brust, mit der Bach-Kantate »Wach auf, mein Herz, und singe«, und am Eingang der Synagoge Klezmer, die Musik der jüdischen Schtetl, die, und sei es auch nur in ihrer Musik, überlebt haben. Aus der Ferne hört man das Rasen der Afrotrommeln, und sie fahren in die Glieder, auch in die meinen, bis ich mich erinnnere, dass ich nicht mehr so unbekümmert wild drauflostanzen kann nach meinem Intermezzo im Rollstuhl. Ich reiße mich los und folge den »Trois petites notes de musique«, die aus zahlreichen Kehlen aufsteigen. Jemand hält mir den ausgedruckten Text hin, und ich stimme ein in das Lied über die drei kleine Noten, die sich längst schon schlafen gelegt hatten in der Spalte des Vergessens. Und dann kommen sie dir eines Tages wieder in den Sinn, einfach so … sans crier gare … ohne Vorwarnung. Der Refrain schaukelt sich ein mit:

La-la-la-la, je vous aime … chantait la rangaine … la-la, mon amour … des paroles sans rien de sublime … pourvu que la rime …

Worte, die nicht groß sein wollen
Worte, die sich bloß reimen sollen …

Ich singe also mit … mit den vielen anderen und diesem gewissen Glücksgefühl, das entsteht, wenn alle miteinander singen … groß und klein und dick und dünn und jung und alt, alle getragen vom selben Fluss des Liedes. Alicia ist auch dabei und macht Photos von denen, die mich photographieren, wie ich auf der Stange der Absperrung sitzend einfach nur mitsinge, und sie lacht, denn am liebsten würde sie mit dem Hut herumgehen und einsammeln für jeden Schnappschuss auf mich. Ich habe wenig davon gemerkt.

Ich habe an so vieles gleichzeitig gedacht, während ich mitsinge: An »ein flüssig« Lied, das ich in einem Traum dem Fassbinder schenken wollte … An einen Brief aus Amsterdam, in dem ein Zuschauer mir schreibt, ich solle weitersingen, auch wenn ich im Interview gesagt habe: »Ich höre jetzt auf damit, weil keiner mir sagt, ich soll weitermachen«. Und ich denke an den zu dem Lied gehörigen Film *Noch nach Jahr und Tag*: Alida Valli tanzt zu diesem Lied mit einem Mann, der vergessen hat, dass er ihr Mann ist, denn er hat sein Gedächtnis verloren. Der Tanz ist mir nun so gegenwärtig wie gestern und nicht wie damals, als dieser Erstlingsfilm von Henri Colpi 1961 gleich die Goldene Palme in Cannes gewann. Damals war ich kaum zwanzig Jahre alt und hatte noch keine Ahnung davon, dass auch meine Mutter mich eines Tages fragen würde, »… und was mache ich, Hannchen, wenn ich bald nicht mal mehr weiß, wie ich heiße?«

Es ist die Erinnerung an den Tanz dieses Films, der die Erinnerung an einen anderen Tanz meines Lebens zurückbringt. Meine Mutter, nicht mehr Herrin ihrer Schritte und leicht geworden wie ein Vogel, stellt sich auf meine Schuhe und so tanzen wir zu zweit, aber auf nur zwei Füßen, durch die Wohnung, vorbei am »Hausaltar«, jene Stelle, wo ein Spiegel, gerahmt wie eine Votivtafel, uns regelmäßig vorbeigleiten sieht … im selbst erfundenen Abendgebet. Das Wort Gott darf nicht vorkommen, sonst sagt sie plötzlich: »Hör auf! Ich kann nicht glauben, Du weißt das …« Aber wenn ich dann ganz aufhöre, faltet sie meine Hände und sagt: »Komm! Spielchen …« Also erfinden wir eine andere Variante des Nachtgebts, ein Gemisch aus heidnischer Beschwörungsformel, Existenzialphilosophie, dem Zigeunerbaron und Hildegard Knef im Nachkriegswunschkonzert. Ganz ungewollt ergab sich dabei jene Mischung aus Lächerlichem und Tiefsinnigem, die ich auch in meinen Rollen eines Tages zusammenbringen möchte:

Wall aus Kristall
All überall
Lass nichts als Licht herein
Will nichts mehr haben
Will nur noch sein
nicht mehr denken
mich verschenken
Denn wer weiß, was morgen ist
(und dann heben wir ab ins Singen, leise, Ohr an Ohr)
Mild singt die Nachtigall ihr Lied nun in die Nacht
die Liebe, die Liebe ist eine Himmelsmacht …

Ja, das kann sie verstehen. Das ist das einzige, was sie noch an dem Leben hält, das Tag für Tag merklich weniger wird. Hatte sie doch, als sie noch ein wenig schreiben konnte, mir, ihrem einzigen Kind, das sie zeitweilig schon verloren glaubte, auf ein Zettelchen geschrieben: Du bist meine allerliebste Lieblingstochter. Ich war sehr wohl ihre einzige Tochter, aber für sie eben auch mehrere Töchter in einer … die, die nicht so sein wollte wie sie, aber auch die, deren Hingabe an sie auf dem Leidensweg der letzten sieben Jahre sie wie ein Wunder verwunderte: »Das hätte ich nie gedacht, dass meine Tochter für mich das alles …«, sagt sie immer wieder allen, die es hören wollen oder auch nicht.

Das Buch nähert sich seinem Ende. Aus einer Laune heraus schalte ich gegen Mitternacht den Fernseher an und habe gleich einen Treffer. Ein Autor erzählt von seinem neuen Buch, in dem er seine Vergangenheit besucht habe, und er habe sich durch das Schreiben sich selbst angenähert wie der Lachs, der zum Laichen stromaufwärts schwimmt bis zurück zum Ursprung.

Was ist es, das ich noch wünsche? Immer weniger ICH MUSS sagen, dafür mehr ICH MÖCHTE. Immer weniger ABER sagen und weniger ENTWEDER – ODER, dafür mehr von dem SOWOHL ALS AUCH ... Und dass mich auch weiterhin das kleine Wörtchen TROTZ ALLEDEM begleiten möge ... immer weiter bis zum ENDE GUT, ALLES GUT.

Einige Jahre vor seinem Tod träumte er von seinem Tod, er, der Fassbinder, der Rainer Werner, und am Morgen schrieb er *Ende endlos.** Darin schrieb er, der Körper müsse den Tod verstehen, dann würden sie verschwinden, der Hass, der Neid, die Eifersucht. Was die Menschen dann erfinden würden, das könnte wirklich spannend sein. Seltsam, dass er selbst glaubte, bei ihm sei es bereits zu spät, den Gedanken an den Tod noch zum Elixier des Lebens zu machen. Vielleicht war es im Gegenteil noch zu früh. Ich bin nun schon doppelt so alt geworden wie er und manchmal spüre ich etwas von dem Verlangen, mich nach und nach ... mehr und mehr ... aufzulösen.

Beim letzten Interview im Radio Brandenburg werde ich zum ersten Mal gefragt, wie ich sterben möchte.

Zuerst sage ich: Ich will noch nicht sterben.

Aber dann sage ich: Ich gehöre zu denen, die die verblühende Rose, wenn sie anfängt, den Kopf hängenzulassen, vom Stiel trennt und in eine Wasserschale legt. Dann wird sie sich noch ein letztes Mal voll auftun.

* Veröffentlicht in *Rainer Werner Fassbinder – Werkschau*, Argon-Verlag, Berlin 1992, S. 111.

EIN KILOMETER LICHT
EIN GRAMM GEDANKEN
IN DER UHR, DIE NACHTS SCHLÄGT
SCHLÄGT DAS HERZ DER ZEIT.

Dulce Maria Loynaz (»Die Zeit«)

Dann wird sie sich noch ein letztes Mal voll auftun ...,
Rose in Wasserschale, Photo Alicia Bustamante

HANNA SCHYGULLA: *Wach auf und träume*

Digital DaCapo dc
für Leser, Buchhändler und Journalisten

Wenn Sie mehr über Hanna Schygulla, ihr Leben, ihre Filme und das Buch erfahren wollen, dann empfehlen wir Ihnen den Besuch unserer eigens für dieses Buch gestalteten Website.

Sie finden das **Digital DaCapo** dc unter:
www.digitaldacapo.com/hannaschygulla

oder folgen Sie einfach diesem Code mit Ihrem Smartphone oder Tablet-Computer

Es erwartet Sie unter anderem:

- Hanna Schygulla liest für Sie das Vorwort des Buches
- Hanna Schygulla singt *Lili Marleen* im gleichnamigen Film von 1981
- Hanna Schygulla singt *Will You Love Me Tomorrow* im Film *Heller Wahn* von 1982
- Hanna Schygulla tanzt Rock'n'Roll mit Rainer Werner Fassbinder im Film *Rios das Mortes* von 1971
- Die aktuelle Filmographie von Hanna Schygulla
- Ein aktuelles Presseecho und Neuigkeiten zu Buch und Live-Auftritten von Hanna Schygulla

Änderungen und Ergänzungen vorbehalten